からくり夢時計《ゆめどけい》㊤

川口雅幸《かわぐちまさゆき》・作

海《うみ》ばたり・絵

JN197840

アルファポリスきずな文庫

目次《もくじ》

登場《とうじょう》人物《じんぶつ》

少《しょう》年《ねん》時《じ》代《だい》

浩一《こういち》

聖時《せいじ》のお兄《にい》ちゃん。今《いま》は真面目《まじめ》だけど、少年時代《しょうねんじだい》は聖時《せいじ》と同《おな》じくらいやんちゃ。

菜摘《なつみ》

浩一《こういち》の同級生《どうきゅうせい》。しっかり者《もの》だけど、浩一《こういち》の前《まえ》ではちょっとかわいい一面《いちめん》も。

百香《ももか》

菜摘《なつみ》の妹《いもうと》。いつもお姉《ねえ》ちゃんと一緒《いっしょ》にいるかわいい女《おんな》の子《こ》。

聖時《せいじ》

サッカーが大好《だいす》きな小学六年生《しょうがくろくねんせい》。ある日《ひ》、突然《とつぜん》タイムスリップしてしまい……!?

お父《とう》さん

聖時《せいじ》と浩一《こういち》のお父《とう》さんで、竹本時心《たけもとじしん》堂時計店《どうとけいてん》の店主《てんしゅ》。

お母《かあ》さん

聖時《せいじ》と浩一《こういち》のお母《かあ》さん。いつも優《やさ》しく家族《かぞく》を見守《みまも》っている。

お爺《じい》ちゃん

聖時《せいじ》と浩一《こういち》のお爺《じい》ちゃん。いつもニコニコしている。

あらすじ

オレ、
小《しょう》6の聖時《せいじ》。

サッカーが大好《だいす》きだから、
中学校《ちゅうがっこう》に入《はい》ったらサッカー部《ぶ》に
入部《にゅうぶ》するって決《き》めてるんだ。

将来《しょうらい》のこともそれなりに
考《かんが》えている……つもり。

でも、こわーい鬼《おに》いちゃんにいっつも

「ゲームばっかり
してないで勉強《べんきょう》しろ」
って怒《おこ》られるんだ。

今日《きょう》もしつこくて喧嘩《けんか》したんだけど
ちょっと言《い》い過《す》ぎちゃったから
お父《とう》さんに怒《おこ》られちゃって……

暗《くら》〜い部屋《へや》で落《お》ち込《こ》んでたら、
ふしぎな時計《とけい》の鍵《かぎ》を
見《み》つけたんだ。
古時計《ふるどけい》に差《さ》し込《こ》んだら

突然《とつぜん》青白《あおじろ》く
光《ひか》り出《だ》して——

なんと、オレは12年《ねん》前《まえ》に
タイムスリップ
してた！

12年《ねん》前《まえ》って
ちょうどオレが生《う》まれる前《まえ》だ。

こんな漫画《まんが》みたいな話《はなし》、
信《しん》じられるかよ！って思《おも》ってたら

今度《こんど》は見《み》たことある顔《かお》が
出《で》てきて——

……ってあれ、
あの鬼《おに》いちゃん！？

浩一《こういち》

見《み》るからに
やんちゃ少年《しょうねん》じゃん！
しかもオレと同《おな》い年《どし》ってホント!?

オレが生《う》まれる前《まえ》に
亡《な》くなっちゃった
お母《かあ》さんもいるし、
もう夢《ゆめ》みたい！

ふしぎなクリスマスが
はじまる！

第《だい》一《いっ》章《しょう》　机《つくえ》の下《した》の謎《なぞ》

1

夢《ゆめ》。

オレの、ささやかな、夢《ゆめ》。

それは、あいつらと一緒《いっしょ》にサッカーをすること。本気《ほんき》のサッカーをすること。

冬《ふゆ》の体育《たいいく》って好《す》きだよ。ほぼ毎回《まいかい》、試合形式《しあいけいしき》の授業《じゅぎょう》だから。そういう意味《いみ》では寒《さむ》い季節《きせつ》が待《ま》ち遠《どお》しかったりもする。

でも、体育《たいいく》の時間《じかん》とか休《やす》み時間《じかん》とかだけじゃなくて、あいつらみたいに一年中《いちねんじゅう》、本格的《ほんかくてき》に真剣《しんけん》に没頭《ぼっとう》してみたい。

別《べつ》に、高校生《こうこうせい》になったら国立競技場《こくりつきょうぎじょう》に行《い》きたいとか、プロになりたいとか、そんな大《おお》きな目標《もくひょう》があるわけじゃない。

ただ、中学生《ちゅうがくせい》になったらサッカー部《ぶ》に入《はい》って、スポ少《しょう》で活躍《かつやく》してるあいつらと一緒《いっしょ》に熱《あつ》くプレーしたい——それだけ。

本当《ほんとう》はもっとでかい、叶《かな》いそうにないくらいのスケールだと格好《かっこう》いいんだろうけどさ。

とにかく今《いま》は、思《おも》いっきりサッカーがしてみたいんだ。それが夢《ゆめ》だ。

だけど、このささやかな夢《ゆめ》でさえも叶《かな》うかどうか分《わ》かんない環境《かんきょう》に置《お》かれてるんだから、参《まい》っちゃうよな。

ましてや『将来《しょうらい》の夢《ゆめ》』なんて、考《かんが》えるだけ無駄《むだ》なんじゃないかって、そんな気《き》がしてくるよ。

夢《ゆめ》と現実《げんじつ》。

うちには、いやでも現実《げんじつ》を教《おし》えてくれる大人《おとな》が約二名《やくにめい》もいる。

もしもこの先《さき》、『将来《しょうらい》の夢《ゆめ》』ってのが見《み》つかったとしても、お兄《にい》ちゃんには絶対《ぜったい》に相談《そうだん》しないだろうな。

こんなちっぽけな夢《ゆめ》にもケチつけるんだもん、結果《けっか》は最初《さいしょ》から見《み》えてる。

お父《とう》さんに関《かん》しては、夢《ゆめ》とか、そういう掴《つか》みどころがない話《はなし》は、もうしないことにしてるし。

だって、ブタの耳《みみ》にシンジュツ……あれ、馬《うま》にネンジュツだったかな。何《なに》か違《ちが》うな。

まぁ、いいや。

とにかく、現実《げんじつ》ばっかりの大人《おとな》にはもう、うんざりなんだ。

思《おも》えば、こんなふうに考《かんが》えるようになったのって、あれがキッカケだったような気《き》がする。

そう。何《なに》げない、あの一言《ひとこと》が——

サンタクロースが本当《ほんとう》はお父《とう》さんだった、ってことを知《し》ったのは、もう二年《にねん》も前《まえ》のことだ。

毎年《まいとし》クリスマスには、プレゼントを二《ふた》つもらえることになってる。

一《ひと》つは夜《よる》ご飯《はん》の時《とき》。「誕生日《たんじょうび》おめでとう」って、お父《とう》さんから。

もう一《ひと》つは、朝《あさ》、目《め》が覚《さ》めた時《とき》。サンタクロースが、クリスマスカードと一緒《いっしょ》にひっそりと枕元《まくらもと》に置《お》いてってくれてた。


夜《よる》、お父《とう》さんが手渡《てわた》しでくれる方《ほう》のプレゼントは、決《き》まってオレが望《のぞ》んでもない、『野口英世《のぐちひでよ》』とか『福沢諭吉《ふくざわゆきち》』とかの、『日本《にほん》の偉人《いじん》シリーズ』という、ぶ厚《あつ》い本《ほん》だった。

口《くち》では嬉《うれ》しそうに「ありがとう」って言《い》って受《う》け取《と》ってたけど、毎年《まいとし》ながら結構《けっこう》がっかりするもんだ。

どうせなら、『お金《かね》の日本《にほん》の偉人《いじん》シリーズ』だったら、たとえぶ厚《あつ》くなくても嬉《うれ》しかったのに。言《い》えないけど。


それに引《ひ》き換《か》え、枕元《まくらもと》のプレゼントは毎年楽《まいとしたの》しみだった。

目覚《めざ》めれば、いつも必《かなら》ず欲《ほ》しかったものが置《お》いてあって、期待《きたい》を裏切《うらぎ》られたことがない。

まだ保育園《ほいくえん》に通《かよ》ってた頃《ころ》、お兄《にい》ちゃんから教《おし》えてもらったんだ。

クリスマスの一週間前《いっしゅうかんまえ》になったら、仏壇《ぶつだん》のお位牌《いはい》の後《うし》ろに、欲《ほ》しいものを書《か》いた紙《かみ》をこっそり隠《かく》しておいてみなって。そしたら、サンタクロースがそれを見《み》て、眠《ねむ》ってる間《あいだ》に枕元《まくらもと》にプレゼントを置《お》いてってくれるんだぜって。

一番最初《いちばんさいしょ》にそれを実行《じっこう》した年《とし》、イヴの夜《よる》はめちゃくちゃドキドキして眠《ねむ》れなかった。

で、朝起《あさお》きたら本当《ほんとう》に、ピカピカの変身《へんしん》ベルトがそこに!!

飛《と》び起《お》きるなり、さっそくパジャマのまんま腰《こし》に巻《ま》きつけて、何度《なんど》も練習《れんしゅう》したあの格好《かっこう》いいポーズを決《き》めながら、「変身《へんしん》!」って叫《さけ》んだっけ。

そしたら、とたんにすげぇ力《ちから》が全身《ぜんしん》に漲《みなぎ》ってきて。

絶対《ぜったい》これ本物《ほんもの》だ。オレはついに憧《あこが》れのヒーローになったのだ!　なんてはしゃいだりして。本当《ほんとう》に嬉《うれ》しかったな。

オレにとってサンタクロースという人物《じんぶつ》は、謎《なぞ》のベールに包《つつ》まれながらも、『野口《のぐち》英世《ひでよ》』や『福沢諭吉《ふくざわゆきち》』よりも現実的《げんじつてき》で、遥《はる》かに偉人《いじん》だったんだ。

だけど、四年生《よねんせい》の時《とき》。

一週間前《いっしゅうかんまえ》になったから、いつもみたいに欲《ほ》しいものを紙《かみ》に書《か》き、仏壇《ぶつだん》に隠《かく》したのはよかったんだけど。それまでは、書《か》いてもせいぜい第三候補《だいさんこうほ》までだったのに、ついつい調子《ちょうし》に乗《の》って、欲《ほ》しいゲームソフト名《めい》を片《かた》っ端《ぱし》からリストアップしたのがいけなかった。

次《つぎ》の日《ひ》の朝《あさ》、顔《かお》を洗《あら》ってたら、お父《とう》さんが横《よこ》に来《き》て唐突《とうとつ》にこう言《い》った。

「聖時《せいじ》。それで、一番《いちばん》欲《ほ》しいのはどれなんだ？」

「……え？」

「あれじゃあ、お父《とう》さん、どれを買《か》ったらいいのかさっぱり分《わ》からんぞ？」

……

ピ――ッと、どこかから長《なが》いホイッスルの音《おと》が聞《き》こえた気《き》がした。

そう。あの瞬間《しゅんかん》、オレの中《なか》のサンタクロース神話《しんわ》が、組《く》み体操《たいそう》のピラミッドみたいに、一気《いっき》に崩《くず》れ落《お》ちたのだ。

しかも、上《うえ》の段《だん》のやつが膝《ひざ》を立《た》てたまま乗《の》っかってきたような衝撃《しょうげき》が、もうすぐ夢見《ゆめみ》るティーンエイジになろうかという繊細《せんさい》な少年《しょうねん》の心《こころ》を、ものの見事《みごと》に打《う》ちのめしてくれた。

まったく。誕生日《たんじょうび》とクリスマスが一緒《いっしょ》のイベントだということだけでも十分《じゅうぶん》キズついてるってのに。

サンタクロースの正体《しょうたい》が、こんなにも身近《みぢか》なよく知《し》ってる人物《じんぶつ》だったなんて！

それにしても、いきなりあんなダイレクトな種明《たねあ》かし、酷《ひど》いよ。

あれから二年経《にねんた》った今《いま》でも、まだダメージが残《のこ》ってる。

きっとこの先何年経《さきなんねんた》っても、誕生日《たんじょうび》が来《く》るたびに思《おも》い出《だ》すんだ。クリスマスが来《く》るたびに、こうしてため息《いき》が出《で》るんだ。

現実《げんじつ》ってのは、そういうものなんだって。

オレが思《おも》い描《えが》いてたようなファンタスティックな世界《せかい》は、この世《よ》にはありえないことなんだって……

ああ、思《おも》い出《だ》したら何《なん》だか腹《はら》が立《た》ってきたぞ。

だいたい、お父《とう》さんにはデリカシーってものがない。余計《よけい》なことを言《い》わなくて、いつも穏《おだ》やかで好《す》きだけど、時々《ときどき》言《い》う一言《ひとこと》がストレートすぎて逃《に》げ場《ば》がない。

本人《ほんにん》は何《なん》の気《き》なしに言《い》ってるんだろうけど。

それもこれもきっと、いつも細《こま》かい部品《ぶひん》とにらめっこして、機械《きかい》と向《む》き合《あ》ってばかりいるからだ。

時計《とけい》の修理《しゅうり》のことは分《わ》かっても、子供《こども》の気持《きも》ちなんて分《わ》かんないんだ。

たぶん、お母《かあ》さんだったら、子供《こども》にあんなふうには言《い》わないと思《おも》う。

そうだよ。きっとお母《かあ》さんってのは、夢《ゆめ》を壊《こわ》さないように、もっと優《やさ》しく言《い》ってくれるもんなんだろうな……

明日《あした》から冬休《ふゆやす》みなのにちょっとテンションが下《さ》がってるのは、今《いま》、二往復目《におうふくめ》だから。不覚《ふかく》にも途中《とちゅう》で上履《うわば》きを忘《わす》れたことに気《き》づいて一人《ひとり》、学校《がっこう》に引《ひ》き返《かえ》した。

海《うみ》と山《やま》に囲《かこ》まれた静《しず》かで小《ちい》さな港町《みなとまち》。なんて言《い》うと聞《き》こえがいいけど、要《よう》するに田舎《いなか》だよな、ここ。

学校《がっこう》は高台《たかだい》にあって、途中《とちゅう》からはほぼずーっと坂道《さかみち》だ。

普段《ふだん》でもカッタルイのに、終業式《しゅうぎょうしき》の日《ひ》ってのは荷物《にもつ》が多《おお》くて。

戻《もど》りの上《のぼ》り坂《ざか》で頑張《がんば》った分《ぶん》、帰《かえ》りの下《くだ》り坂《ざか》は惰性《だせい》で歩《ある》いてる感《かん》じ。

眼下《がんか》に広《ひろ》がる、国道沿《こくどうぞ》いのでっかいスーパーを見下《みお》ろしながら、ひたすら坂道《さかみち》を下《くだ》る。

空《そら》は低《ひく》い雲《くも》に覆《おお》われて寒々《さむざむ》としてるのに、余計《よけい》なウォーミングアップのお陰《かげ》で身体《からだ》はポカポカだ。

北風《きたかぜ》に煽《あお》られながら歩道橋《ほどうきょう》を駆《か》け下《お》りると、にわかに風向《かざむ》きが変《か》わり、ほっぺたに当《あ》たる冷《つめ》たさが湿《しめ》っぽさを帯《お》びる。

潮《しお》の香《かお》り。生《う》まれた時《とき》から町中《まちじゅう》に漂《ただよ》ってる、臨海《りんかい》のパヒューム。

って言《い》うと何《なん》だかいい匂《にお》いみたいだけど、実《じつ》はそうでもない。それどころか、真夏《まなつ》の雨上《あめあ》がりの午後《ごご》なんかは最悪《さいあく》だ。硫黄《いおう》の温泉郷《おんせんきょう》にいるみたいに、むせ返《かえ》る。

マジ、変《へん》な匂《にお》いだ。慣《な》れてるけど。

潮《しお》の香《かお》りが濃《こ》くなるのは、時間帯《じかんたい》もあるみたい。普通《ふつう》、川《かわ》は海《うみ》に向《む》かって流《なが》れているけど、河口付近《かこうふきん》ってのは満潮《まんちょう》になると海《うみ》の水《みず》が逆流《ぎゃくりゅう》してくる。

さざ波《なみ》が川《かわ》を上《のぼ》ってくるのって、何《なん》だか不思議《ふしぎ》な光景《こうけい》だ。

それから、雨《あめ》が降《ふ》り出《だ》す前《まえ》もこんな感《かん》じだ。微妙《びみょう》になんだけど、急《きゅう》にいつもと違《ちが》う匂《にお》いが海風《うみかぜ》に乗《の》って……

「ほら来《き》た」

鼻《はな》の頭《あたま》に一粒《ひとつぶ》、ピチャリと来《き》たかと思《おも》うと、アスファルトに黒《くろ》い模様《もよう》が点々《てんてん》と現《あらわ》れる。

冷《つめ》たい雨《あめ》。あんまり大粒《おおつぶ》じゃないから、いきなりザーッとは来《こ》ないかな。

駆《か》け足《あし》のペースを上《あ》げると、ランドセルの中《なか》で教科書《きょうかしょ》たちが、ガッタガッタ踊《おど》り始《はじ》める。

この川沿《かわぞ》いの道《みち》は、道幅《みちはば》が広《ひろ》くない上《うえ》に車道《しゃどう》と歩道《ほどう》が分《わ》けられていない。

当然通学路《とうぜんつうがくろ》じゃないけど、近道《ちかみち》なんだもん。大人《おとな》も皆《みな》、駅前《えきまえ》に出《で》る時《とき》はここを通《とお》ってる。

狭《せま》いのに車《くるま》の通《とお》りはそれなりに多《おお》くて。雨《あめ》の日《ひ》だけは、もろに水《みず》をぶっかけられるから通《とお》らないようにしてる。

でも、まだまだ大丈夫《だいじょうぶ》だろう。急《いそ》ごう。

カ、カーンカーンカーンカーンカーン！

「げっ」

思《おも》いがけず、けたたましい警笛《けいてき》に行《ゆ》く手《て》を阻《はば》まれる。

同時《どうじ》に点滅《てんめつ》を始《はじ》めた威圧的《いあってき》な赤《あか》いランプが、無表情《むひょうじょう》のまま『通《とお》せん棒《ぼう》』を振《ふ》り下《お》ろす。

ついてない。こういう時《とき》に限《かぎ》ってタイミング悪《わる》いんだから。

肩《かた》に掛《か》けてた写生板《しゃせいばん》を傘代《かさが》わりにして、足踏《あしぶ》みしながら待《ま》つ。

何《なに》を運《はこ》んでるんだか知《し》らないけど、長《なが》いんだよなぁ貨物列車《かもつれっしゃ》って。

目《め》の前《まえ》を色《いろ》とりどりのコンテナが、ガタンガタン、ゴトンゴトン……と、急《いそ》ぐ様子《ようす》もなく我《わ》が物顔《ものがお》で通《とお》り過《す》ぎてゆく。

もしかしたら、こうやって待《ま》ってる間《あいだ》の時間《じかん》を少《すこ》しでも紛《まぎ》らわそうとしてカラフルにしてるのかな……そんなわけないか。

やがて、軋《きし》むような金属音《きんぞくおん》を残《のこ》しコンテナが遠《とお》ざかると、何事《なにごと》もなかったかのようにゆっくりと遮断機《しゃだんき》が上《あ》がる。


ブゥーン！　ガタンカタン！


とたんに、いつの間《ま》にか列《れつ》をなしていた車《くるま》が次々《つぎつぎ》と、敷《し》かれてる鉄板《てっぱん》を思《おも》いっきり踏《ふ》みつけ、怒《おこ》ってるみたいな勢《いきお》いで横《よこ》を通《とお》り過《す》ぎてゆく。

オレもダッシュだ。雨足《あまあし》が強《つよ》くなってきやがった。

荷物《にもつ》に振《ふ》り回《まわ》されながら、黒《くろ》く塗《ぬ》りつぶされつつあるアスファルトを海岸通《かいがんどお》りまで突《つ》っ走《ぱし》る。

防波堤《ぼうはてい》の向《む》こう、真《ま》っ白《しろ》に霞《かす》んだ岸壁《がんぺき》を横目《よこめ》に角《かど》を曲《ま》がれば、もうすぐそこだ。

逃《に》げ込《こ》むようにしてアーケードに入《はい》ると、後《うし》ろで、行《い》き交《か》う車《くるま》の流《なが》れが、ジャー……という音《おと》に変《か》わった。


「ふぅ、助《たす》かった」

結構濡《けっこうぬ》れちゃったけど、もう大丈夫《だいじょうぶ》だ。

港一番町駅前商店街《みなといちばんちょうえきまえしょうてんがい》。港《みなと》からお寺通《てらどお》りまでを結《むす》ぶ、お店屋《みせや》さん通《どお》り。オレの庭《にわ》みたいなもんだ。

そう言《い》えば、「金《きん》メダリストなら十秒《じゅうびょう》を切《き》っちゃいそうなところばい、ガハハ！」って、前《まえ》に船《ふね》の人《ひと》たちが通《とお》りすがりに笑《わら》ってた。

確《たし》かに田舎《いなか》の小《ちい》さな商店街《しょうてんがい》だけど、もうちょっとあるよ長《なが》さ。たぶん。

それでムカついたからってわけじゃないけど、船《ふね》の人《ひと》たちってあんまり好《す》きじゃない。声《こえ》とかやたらでかいし、耳《みみ》なれない言葉《ことば》が怒《おこ》ってるみたいで怖《こわ》い感《かん》じがするんだもん。

港側《みなとがわ》から入《はい》った少《すこ》し先《さき》のところに立《た》ってるのは、ここにアーケードを架《か》けた時《とき》に記念碑《きねんひ》として造《つく》られた商店街《しょうてんがい》のシンボル。

通《とお》りの真《ま》ん中《なか》に、つるつるの黒《くろ》くてでっかい台《だい》が、でんと構《かま》えてて。そのお墓《はか》みたいな石《いし》の上《うえ》には、ブロンズ製《せい》のリアルな造形《ぞうけい》のウミネコが羽《は》ばたいてる。

地元《じもと》の人《ひと》たちが皆《みな》、この商店街《しょうてんがい》を『ウミネコ通《どお》り』って呼《よ》ぶのは、ここから来《き》てるってわけ。

そのシンボルも、元々《もともと》が使《つか》い古《ふる》しの十円玉《じゅうえんだま》みたいな色《いろ》をしてるとは言《い》え、すっかり潮風《しおかぜ》に晒《さら》されて、何《なん》だか汚《よご》れたカラスみたいに見《み》えるのはオレだけかな。

それから、

「こんにちは」

「……」

その『サビサビガラス』の前《まえ》にいつも佇《たたず》んでるのは、今《いま》や商店街《しょうてんがい》の名物《めいぶつ》になりつつある電動車椅子《でんどうくるまいす》のお爺《じい》さん。もう、お店《みせ》をやめちゃって久《ひさ》しい森田電器《もりたでんき》の社長《しゃちょう》さんだ。

オレが物心《ものごころ》ついた頃《ころ》には既《すで》に、一日中《いちにちじゅう》こうして、ここからボーっと前《まえ》の通《とお》りを眺《なが》めてたような気《き》がする。

すごく痩《や》せてて着《き》てる服《ふく》がブカブカに見《み》えるけど、真《ま》っ白《しろ》な髪《かみ》と鼻《はな》の下《した》のヒゲはいつもきれいに揃《そろ》ってて全然《ぜんぜん》だらしない感《かん》じはしない。

でも常《つね》に無表情《むひょうじょう》で何《なに》を言《い》っても反応《はんのう》しないから、周《まわ》りからは『商店街《しょうてんがい》の生《い》きた化石《かせき》』とか『森田《もりた》の電動式地蔵《でんどうしきじぞう》』なんて呼《よ》ばれてる。

もちろん、面《めん》と向《む》かっては言《い》わないけど。


「つと、今何時《いまなんじ》だろ」

そこからアーケード入《い》り口《ぐち》の方《ほう》を振《ふ》り向《む》くと、屋根《やね》の骨組《ほねぐ》みの下《した》にでっかい飾《かざ》りつきの時計《とけい》がくっついてる。

大掛《おおが》かりなカラクリ時計《どけい》らしく時間《じかん》だけは合《あ》ってるみたいなんだけど、肝心《かんじん》のカラクリ部分《ぶぶん》は、もう何年《なんねん》も壊《こわ》れたままになってるんだって。

実際《じっさい》オレ、あの扉《とびら》が開《あ》いたの見《み》たことないもんな。

「って、やばい。もう二時《にじ》になるのか！」

終業式《しゅうぎょうしき》だからお昼過《ひるす》ぎには帰《かえ》って来《こ》られる予定《よてい》でいたのに。

今日《きょう》は二時《にじ》から、お父《とう》さんが組合《くみあい》の集《あつ》まりで出《で》かける予定《よてい》になってるんだった！

再《ふたた》びダッシュだ。

オレんちは商店街《しょうてんがい》のちょうど真《ま》ん中辺《なかあた》りにある。目印《めじるし》は道《みち》の中央《ちゅうおう》に設置《せっち》された古《ふる》い電話《でんわ》ボックス。そこまでなら金《きん》メダリストでなくても、ぎりぎり十秒《じゅうびょう》を切《き》れる距離《きょり》だ。

見通《みとお》しのいい一直線《いっちょくせん》。通行客《つうこうきゃく》の少《すく》ないシャッター通《どお》りを全速力《ぜんそくりょく》で駆《か》け抜《ぬ》ける。

それにしても閑散《かんさん》としちゃってるよな……なんて考《かんが》える間《ま》もなく、左側《ひだりがわ》に【竹本《たけもと》　時心堂時計店《じしんどうとけいてん》】の看板《かんばん》が見《み》えてくる。

「ただいまっ！」

自動《じどう》ドアが開《ひら》ききるのを待《ま》たず半身《はんみ》になって駆《か》け込《こ》むと、店中《みせじゅう》の掛《か》け時計《どけい》が一斉《いっせい》に賑《にぎ》やかな音色《ねいろ》を奏《かな》でた。

「遅《おそ》かったな。ご飯《はん》は〝裏《うら》〟に用意《ようい》してあるから食《た》べなさい。悪《わる》いが店番頼《みせばんたの》んだぞ」

「うん。あ、今日《きょう》は〝来夢《ライム》〟？　〝アルプ〟？」

「ああ、来夢《ライム》だよ。何《なに》かあったら電話《でんわ》してくれ。レジの横《よこ》にスタンプ加盟店《かめいてん》の表《ひょう》があるだろう。坂本《さかもと》さんとこの欄《らん》の、上《うえ》のが喫茶店《きっさてん》の番号《ばんごう》だ。分《わ》かるね」

「うん、分《わ》かってる。いってらっしゃい」

「あーそれからな」

一旦《いったん》行《い》きかけて、少《すこ》し猫背《ねこぜ》に丸《まる》まった大《おお》きい背広《せびろ》が店先《みせさき》で振《ふ》り返《かえ》る。

「今年《ことし》は珍《めずら》しく浩一《こういち》が帰《かえ》ってくるそうだ。今朝《けさ》、電話《でんわ》があってね。何《なに》かまた連絡入《れんらくはい》ったら聞《き》いといてくれ。夜《よる》は一緒《いっしょ》にご飯食《はんた》べような。じゃ、頼《たの》んだよ」

「あ、うん。分《わ》かった……」

お父《とう》さんは、いつものようにショーケースの上《うえ》に置《お》いてあるスタンドミラーの前《まえ》で、「イーッ」みたいにして歯《は》を剥《む》き出《だ》すと、小声《こごえ》で「よし」と言《い》って店《みせ》を出《で》ていった。

2

「ごちそうさまでした、っと」

10%OFF

牛乳《ぎゅうにゅう》を飲《の》み干《ほ》し、丼《どんぶり》サイズのお椀《わん》をお皿《さら》に重《かさ》ねる。

お茶漬《ちゃづ》けとハムは全部《ぜんぶ》食《た》べたけど、漬《つ》け物《もの》は残《のこ》しちゃった。だって、このナラヅケとかいうの苦手《にがて》な味《あじ》なんだもん。

本当《ほんとう》はピザトーストとかスパゲッティとかだったら嬉《うれ》しかったんだけど、お父《とう》さんがお店《みせ》を見《み》ながら用意《ようい》してくれたんだから贅沢《ぜいたく》は言《い》えない。うちにはお母《かあ》さんがいないから毎度《まいど》のことだし。

お母《かあ》さんの顔《かお》は写真《しゃしん》で見《み》て知《し》ってるけど、実物《じつぶつ》を見《み》たことがない。

オレが生《う》まれてすぐくらいに、交通事故《こうつうじこ》で死《し》んじゃったんだって。だから、当然《とうぜん》だけどまったく記憶《きおく》にないんだ。

最初《さいしょ》からいないのも同《おな》じだから、今《いま》となってはこれが普通《ふつう》としか思《おも》わない。

でも、保育園《ほいくえん》でお母《かあ》さんの絵《え》を描《か》かなきゃいけなかった時《とき》に、「聖時《せいじ》くんはお父《とう》さんの絵《え》でもいいのよ」って先生《せんせい》に言《い》われたからその通《とお》り描《か》いたら、あとで皆《みんな》に「せいじくんのママには、おひげのブツブツがあるの？」なんて言《い》われて。何《なん》かイヤだったなぁ、あの時《とき》は。

あと、参観日《さんかんび》の時《とき》。お父《とう》さんはちゃんと見《み》に来《き》てくれてはいたけど、正直言《しょうじきい》うとちょっと皆《みんな》が羨《うらや》ましかった。

でも今《いま》はもう参観日《さんかんび》なんて、こちらから固《かた》くオコトワリしてるからどっちでもいい話《はなし》だけど。


カウンターの回転椅子《かいてんいす》から立《た》ち上《あ》がり、お盆《ぼん》を裏《うら》に持《も》っていく。

〝裏《うら》〟ってのは、お店《みせ》と家《いえ》の間《あいだ》にある小《ちい》さな部屋《へや》のこと。

商店街《しょうてんがい》に並《なら》んでる建物《たてもの》は、二階《にかい》を住《す》まいとしていたり、表側半分《おもてがわはんぶん》がお店《みせ》で、そのまま残《のこ》り半分《はんぶん》が自宅《じたく》になってるというのがほとんどだ。

うちの場合《ばあい》は増築《ぞうちく》したから余計《よけい》、縦《たて》に細長《ほそなが》い形《かたち》をしてる。

お店《みせ》の奥《おく》のドアを開《あ》けると、靴《くつ》を脱《ぬ》ぐところまでの間《あいだ》が狭《せま》い通路《つうろ》になってて、その横《よこ》にある古《ふる》っぽい木《き》の戸《と》が小部屋《こべや》の入《い》り口《ぐち》だ。


昔《むかし》はここでいつも、お爺《じい》ちゃんが時計《とけい》の修理《しゅうり》をしてたんだって。

お爺《じい》ちゃんも、オレが生《う》まれて間《ま》もなく倒《たお》れたって聞《き》いたから、現役《げんえき》だったのはもうずっとずーっと何十年《なんじゅうねん》も前《まえ》のことだけど。

お店《みせ》を今《いま》のように改装《かいそう》する前《まえ》は、この修理部屋《しゅうりべや》もひとつながりになってて、どっちかって言《い》うと修理《しゅうり》がメインのお店《みせ》だったみたい。

でも今《いま》は、部屋《へや》ごとそっくり後《うし》ろに下《さ》げられた上《うえ》に、表側《おもてがわ》の出入《でい》り口部分《ぐちぶぶん》も壁《かべ》でふさがれ、ここはもう使《つか》われていない。

お父《とう》さんの言葉《ことば》で言《い》うと、「時代《じだい》が変《か》わった」らしい。

もちろん今《いま》のお店《みせ》にも、ガラスケースで囲《かこ》まれた真《ま》ん中《なか》に修理《しゅうり》をする小《ち》さな机《つくえ》セットがあって、お父《とう》さんはいつもそこで電池交換《でんちこうかん》とかはしてる。要《よう》するに、今《いま》の時代《じだい》はそのくらいのスペースで事足《ことた》りるってわけだ。

改装前《かいそうまえ》のお店《みせ》をオレは知《し》らないけど、確《たし》かに、この見《み》るからに古《ふる》めかしい板張《いたば》りの部屋《へや》は、白基調《しろきちょう》の壁《かべ》に囲《かこ》まれた明《あか》るい店内《てんない》とは別世界《べっせかい》だ。

奥《おく》にある神棚《かみだな》なんて、お店《みせ》の雰囲気《ふんいき》には全然合《ぜんぜんあ》わない気《き》がするし。

でっかい勉強机《べんきょうづくえ》みたいなところには、たくさん引《ひ》き出《だ》しのついた小《ち》さなタンスみたいな箱《はこ》や色《いろ》んな道具《どうぐ》が所狭《ところせま》しと並《なら》んでいて、お店《みせ》というより作業場《さぎょうば》って感《かん》じ。

だから今《いま》では、こうして一時的《いちじてき》に物《もの》を置《お》いたりする、言《い》わば物置兼《ものおきけん》バックルームみたいになってる。

あとは朝《あさ》と夕方《ゆうがた》、お父《とう》さんが神棚《かみだな》を拝《おが》むために入《はい》るくらいかな。


でもオレは、小《ちい》さい時《とき》からこの部屋《へや》が結構好《けっこうす》きだった。

木戸《きど》を開《あ》けた時《とき》の、ちょっと甘《あま》い感《かん》じに漂《ただよ》う機械油《きかいあぶら》の匂《にお》い。

年季《ねんき》の入《はい》ったログハウスみたいな板壁《いたかべ》には、まるで備《そな》え付《つ》けであるかのような同系色《どうけいしょく》の古《ふる》い柱時計《はしらどけい》がいくつも並《なら》ぶ。

正面《しょうめん》の窓《まど》に映《うつ》る小《ちい》さな景色《けしき》は、まるで異空間《いくうかん》。

隣《となり》の靴屋《くつや》さんの裏庭《うらにわ》なんだけど、年《ねん》がら年中《ねんじゅう》、色《いろ》んな色《いろ》の花《はな》が咲《さ》いててお花畑《はなばたけ》みたいになってる。

おまけに、その先向《さきむ》こう三軒分《さんげんぶん》がトウモロコシ畑《ばたけ》なもんだから、特《とく》に夏《なつ》は、とても商店街《しょうてんがい》の中《なか》とは思《おも》えない、のどかな風景《ふうけい》が広《ひろ》がる。

窓際《まどぎわ》の隅《すみ》っこの方《ほう》には、『ガラ箱《ばこ》』と呼《よ》ばれる大《おお》きな木箱《きばこ》が置《お》いてあって。

黄《き》ばんだ新聞紙《しんぶんし》が敷《し》かれたその中《なか》には、色《いろ》んな大《おお》きさの歯車《はぐるま》や剥《む》き出《だ》しのゼンマイたちが、ずっしり静《しず》やかに寝転《ねころ》がってる。

机《つくえ》の引《ひ》き出《だ》しをそうっと開《あ》けてみれば、細《こま》かく区分《くわ》けされたマス目《め》の中《なか》に、今度《こんど》はスモールライトで手《て》のひらサイズ、いや、指乗《ゆびの》りサイズに縮小《しゅくしょう》されたような『ミニチュア版《ばん》』がコチャコチャと賑《にぎ》わってる。

腕時計《うでどけい》の中身《なかみ》って、こんなのがギッシリ組《く》み込《こ》まれてできてるってんだからすごい。

いつ入《はい》ってもここは、宝物《たからもの》がいっぱい眠《ねむ》ってる秘密《ひみつ》の部屋《へや》みたいで何《なん》だか楽《たの》しくなってくる。まさに別世界《べっせかい》だ。


そう言《い》えば、お兄《にい》ちゃんが家《いえ》にいた頃《ころ》だから、オレもまだ保育園《ほいくえん》の時《とき》かな。

かくれんぼして遊《あそ》んでもらってて、ここに隠《かく》れたことがあったんだけど。

机《つくえ》の下《した》に入《はい》って、うまい具合《ぐあい》に椅子《いす》を引《ひ》き寄《よ》せ息《いき》を潜《ひそ》めてたら、妙《みょう》に居心地《いごこち》がよくて。

いつの間《ま》にか眠《ねむ》っちゃったことがあった。

確《たし》かその後《あと》も何回《なんかい》かあるな、そのまま寝《ね》ちゃったこと。そうだよ、怒《おこ》られた時《とき》なんか、いじけてよくここに立《た》てこもったりしてたもんな。

不思議《ふしぎ》と落《お》ち着《つ》く場所《ばしょ》でもあるんだよなぁ、この部屋《へや》。

「お兄《にい》ちゃん、かぁ……」

カウンターに戻《もど》る。

腰《こし》を下《お》ろし軽《かる》く床《ゆか》を蹴《け》って前《まえ》を向《む》くと、回転椅子《かいてんいす》が、キィーキ…と鳴《な》いた。

「はぁ～あ」

憂鬱《ゆううつ》だ。

年《ねん》に一度《いちど》のビッグイベントなのに。

オレとキリストおじさんの誕生日《たんじょうび》を明日《あした》に控《ひか》えた、特別《とくべつ》な日《ひ》だってのに。

何《なん》でよりによって今日《きょう》なんだよ。何《なん》で今日《きょう》帰《かえ》ってくるんだよ『鬼《おに》いちゃん』。

不意《ふい》に頭《あたま》の中《なか》で組《く》み合《あ》わさった、おやじギャグみたいな単語《たんご》が余計《よけい》に脱力感《だつりょくかん》を煽《あお》る。頬《ほお》杖《づえ》ついた顔《かお》が、やけに重《おも》い感《かん》じ。

だって、お兄《にい》ちゃんは鬼《おに》だ。鬼鬼《おにおに》スペシャルだ。

自分《じぶん》にも他人《たにん》にも厳《きび》しくて、怖《こわ》くて恐《おそ》ろしくておっかなくて怒《おこ》りんぼうで、とにかくうるさい。

人《ひと》の顔《かお》を見《み》れば、二言目《ふたことめ》には「勉強《べんきょう》しろ」なんだから。

昔《むかし》から真面目《まじめ》で、すごく成績優秀《せいせきゆうしゅう》だったのは知《し》ってる。

猛勉強《もうべんきょう》して、一流大学《いちりゅうだいがく》に入《はい》ったのだってすごいなと思《おも》う。その点《てん》は尊敬《そんけい》してるよ。

だけど。だからって、オレにも同《おな》じように頑張《がんば》れってのは無理《むり》な要望《ようぼう》だ。


誰《だれ》が私立中学《しりつちゅうがく》になんか行《い》くもんか。

友達《ともだち》と離《はな》れるのは絶対《ぜったい》にいやだし、第一《だいいち》オレは勉強《べんきょう》が好《す》きじゃない。

それに……お兄《にい》ちゃんみたいに、自分《じぶん》のことだけ考《かんが》えて、人《ひと》の気持《きも》ちも分《わ》からないようなやつには絶対《ぜったい》なりたくない——


ウィンドウの向《む》こう側《がわ》、閑静《かんせい》な駅前《えきまえ》メインストリートをボーっと眺《なが》める。

それにしても静《しず》かだ。静《しず》かすぎる。だいたい『閑静《かんせい》』って何《なん》だよ。商店街《しょうてんがい》なのに。

さっきから、店《みせ》の前《まえ》を通《とお》り過《す》ぎた人《ひと》なんて数《かぞ》えるほどしかいない。

何《なん》たって小学生《しょうがくせい》に店番《みせばん》させるくらいだもんな。ありえないよな、普通《ふつう》。

分《わ》かってるんだ、こうなっちまった原因《げんいん》が何《なに》か。

オレがちょうど小学校《しょうがっこう》に入学《にゅうがく》した年《とし》。隣町《となりまち》との境《さかい》にでっかいスーパーがオープンした。駐車場《ちゅうしゃじょう》が学校《がっこう》の校庭《こうてい》くらいあって、とにかくその敷地《しきち》の広《ひろ》さに驚《おどろ》いたっけ。

その日《ひ》を境《さかい》に商店街《しょうてんがい》を歩《ある》く人《ひと》の数《かず》がめっきり減《へ》ったのは、誰《だれ》の目《め》にも明《あき》らかだった。

皆《みんな》がスーパーに足《あし》を向《む》けるのは必然《ひつぜん》なのかもしれない。

家族揃《かぞくそろ》って気軽《きがる》に車《くるま》で行《い》けるし、一旦中《いったんなか》に入《はい》ってしまえば、たとえ品物《しなもの》を買《か》わなくとも各々《おのおの》が自由《じゆう》にゆったりとした時間《じかん》を過《す》ごせる。

お父《とう》さんのワイシャツも、お母《かあ》さんの化粧品《けしょうひん》も、子供《こども》のオモチャも、夕飯《ゆうはん》のおかずも……とにかく何《なん》でも揃《そろ》ってて便利《べんり》だし。

明《あか》るくて華《はな》やかで、色《いろ》んな物《もの》があって。オレだって、あそこに行《い》くだけで何《なん》だか楽《たの》しい気分《きぶん》になるもんな。

「これからは、こうでなくちゃいけない。商店街全盛《しょうてんがいぜんせい》の時代《じだい》は終《お》わったんだ」って言《い》われたら、そうなのかなって思《おも》っちゃう。

だけど、それでも頑張《がんば》って何《なん》とかしようとしてる大人《おとな》たちをオレは知《し》ってる。お父《とう》さんたちは、いつも集《あつ》まって話《はな》し合《あ》いをしてるんだ。このままじゃだめだ、どうにかしなくちゃって。

もう全体《ぜんたい》の三分《さんぶん》の一《いち》のお店《みせ》がシャッターを下《お》ろしてるし、後継《あとつ》ぎがいなくて商売《しょうばい》をやめようとしてる『予備軍《よびぐん》』もいる。

そう。元気《げんき》な顔《かお》の人《ひと》がどんどん減《へ》ってきて、本当《ほんとう》にピンチなんだろうなということは、オレでさえ肌《はだ》で感《かん》じてるってのに。

でも、お兄《にい》ちゃんは大学《だいがく》を卒業《そつぎょう》したあと家《いえ》に帰《かえ》って来《こ》ないどころか、よりによってあのスーパーの本社《ほんしゃ》に就職《しゅうしょく》しやがった。

賑《にぎ》やかだった商店街《しょうてんがい》をこんなシャッター街《がい》に変《か》えてしまった侵略軍《しんりゃくぐん》の、しかも本拠地《ほんきょち》にだ。

信《しん》じられなかった。見捨《みす》てられた気分《きぶん》だった。何《なに》よりも、お父《とう》さんがかわいそうだと思《おも》った。

口《くち》には出《だ》さないけど、きっとお父《とう》さんだって後《あと》を継《つ》いでくれることを望《のぞ》んでたはずなんだ。

それなのにお兄《にい》ちゃんは、エリートになりたいからってオレたちを裏切《うらぎ》った。

そんなやつの言《い》うことなんか誰《だれ》が聞《き》くもんか……


天井《てんじょう》から吹《ふ》き降《お》ろされる、乾《かわ》いた温風《おんぷう》。

暖房装置《だんぼうそうち》の一定《いってい》した低《ひく》い音《おと》の膜《まく》が、静《しず》かな店内《てんない》をぼんやりと覆《おお》う。

今日《きょう》は本当《ほんとう》にクリスマスイヴなんだろうか。

ここでこうしてると、時間《じかん》の流《なが》れから取《と》り残《のこ》されたみたい。

いい加減《かげん》、ゲームも飽《あ》きちゃったから、セーブして電源《でんげん》を切《き》ったところ。

相変《あいか》わらず喧騒《けんそう》の『け』の字《じ》もないウィンドウの向《む》こう側《がわ》では、街頭《がいとう》のスピーカーから流《なが》れるリズミカルなクリスマスソングが、人気《ひとけ》のない通《とお》りを独《ひと》り寂《さび》しそうにさ迷《まよ》っていた。

「ふぁ〜あ……」

何《なん》だか眠《ねむ》くなってきちゃった。

店番《みせばん》って退屈《たいくつ》だ。いや、退屈《たいくつ》だからオレにも任《まか》せられるのか。

やばい、本当《ほんとう》に眠《ねむ》いや。困《こま》ったな。
どうしよう。いくら暇《ひま》でも、さすがに寝《ね》るわけにはいかないんだけどな。
寝《ね》るわけ……には……

「――やれやれ、ようやく辿《たど》り着《つ》いた。随分《ずいぶん》とお待《ま》たせして悪《わる》かったね」

何《なん》だろう、温《あたた》かい。日《ひ》なたにいるみたい。
あ、いらっしゃいませ……あれ？

「――声《こえ》だけは、しっかりと聞《き》こえるようだね。一安心《ひとあんしん》だ」

えっと、あの……

「――遅《おそ》くなったが、ちゃあんと約束《やくそく》を果《は》たしに来《き》たよ。これでやっと、君《きみ》の夢《ゆめ》も叶《かな》えてあげられる」

今《いま》、お父《とう》さんいないので、僕《ぼく》、よく分《わ》かんないから電話《でんわ》……

「——一人《ひとり》で店番《みせばん》してるのかい、偉《えら》いね。でも、私《わたし》はお客《きゃく》さんじゃないから電話《でんわ》の必要《ひつよう》はないのだよ」

はぁ……

「——今《いま》はただ、知《し》らせを持《も》ってきただけだから。それでは今夜《こんや》……」

——風《かぜ》。

表側《おもてがわ》からスーッと吹《ふ》いてくる、冷《つめ》たい風《かぜ》。

スピーカーから流《なが》れるクリスマスソングが、ほんの少《すこ》しの間《あいだ》だけ大《おお》きくなって。

僅《わず》かな冷気《れいき》を残《のこ》して、すぐにまた遠《とお》ざかる。

随分《ずいぶん》と冷《ひ》え込《こ》んできたんだな、外《そと》は……。外《そと》？


「！」

どこからか落《お》ちるような感覚《かんかく》が身体《からだ》をビクンと跳《は》ねさせる。

ガタンッ！

目が覚《さ》めるのと同時《どうじ》に、急激《きゅうげき》な負荷《ふか》をかけられ僅《わず》かに傾《かたむ》いた回転椅子《かいてんいす》が床《ゆか》を強《つよ》く打《う》ち付《つ》けた。

ああ、びっくりした。授業中《じゅぎょうちゅう》でなくてよかった。また皆《みんな》に笑《わら》われるところだ。

今《いま》、自動《じどう》ドアが開《あ》いたような気《き》がしたんだけど、気《き》のせいかな。

危《あぶ》ない危《あぶ》ない、居眠《いねむ》り中《ちゅう》に泥棒《どろぼう》に入《はい》られたなんてシャレになんないぞ。

とりあえず、ゲームを再開《さいかい》しよう。何《なに》かやってないとマジ寝《ね》ちゃいそう。

リッ　ティイリリリリリ　ティイリリリリリ…

スイッチを入《い》れるのとほぼ同時《どうじ》に電話《でんわ》が鳴《な》り出《だ》す。

やや遅《おく》れて鳴《な》った目《め》の前《まえ》の子機《こき》を取《と》ると、受話器《じゅわき》の向《む》こうからザワザワとノイズが聞《き》こえた。

「はい。時心堂《じしんどう》でございます」

「おお、聖時《せいじ》か。俺《おれ》だよ。今《いま》、大丈夫《だいじょうぶ》か？」

ゲッ、オレオレ詐欺《さぎ》よりも恐《おそ》ろしい『俺《おれ》』からだ。

「鬼《おに》……あ、お兄《にい》ちゃん？　大丈夫《だいじょうぶ》だよ。ずーっと暇《ひま》だもん」

「父《とう》さん、いるか？」

「あ、えっと、組合《くみあい》の会合《かいごう》に行《い》ってて、まだ帰《かえ》ってこないよ」

「そうか。今《いま》な、乗《の》り換《か》えるところなんだが、下《くだ》りの連絡《れんらく》が悪《わる》くて予定《よてい》より少《すこ》し遅《おそ》くなると思《おも》う。父《とう》さんには、先《さき》に始《はじ》めてていいからって伝《つた》えてくれ」

「うん。分《わ》かった」

「ところでお前《まえ》、ゲームとかやりながらただボーっと店番《みせばん》してたわけじゃないよな？　うたた寝《ね》とか」

「そ、そんなわけ、ないじゃん……」

何《なん》で分《わ》かったんだろう。監視《かんし》カメラ？　盗聴器《とうちょうき》？　まさか透視《とうし》？

そんなバカな、と思《おも》いつつも目《め》だけで辺《あた》りをキョロキョロ見回《みまわ》してると、

「やっぱりな。そうやってゲームばっかやってるとな、『ゲーム脳《のう》』になって余計《よけい》にバカになるぞ。いつも言《い》ってるだろ、そういう時間《じかん》を有効《ゆうこう》に活用《かつよう》して勉強《べんきょう》するんだって。お前《まえ》な、都会《とかい》のやつらなんか塾《じゅく》に行《い》って毎日《まいにち》遅《おそ》くまで猛勉強《もうべんきょう》してるんだぞ？」

始《はじ》まったよ。またその話《はなし》か。

もう。早《はや》く来《こ》いよ、乗《の》り換《か》えの電車《でんしゃ》。

「ただでさえレベルが違《ちが》うのに、ゲームなんてやってる余裕《よゆう》あるのか？　いいか聖時《せいじ》。今《いま》が一番大事《いちばんだいじ》な時《とき》なんだ。中学《ちゅうがく》のうちに一段《いちだん》でもランクが上《うえ》の学校《がっこう》に入《はい》ることが、その後《あと》の人生《じんせい》を楽《らく》に生《い》きられるかどうかの鍵《かぎ》になるんだぞ？　分《わ》かってるのか？」

「分《わ》かってるけど、オレ、私立《しりつ》には行《い》きたくないよ。だって、皆《みんな》と遊《あそ》べなくなるし……それに、オレたち中学《ちゅうがく》になったら一緒《いっしょ》にサッカー部《ぶ》に入《はい》ろうなって男《おとこ》の約束《やくそく》してるんだ。あいつらを裏切《うらぎ》ることは絶対《ぜったい》にできないから」

「本当《ほんとう》に何《なん》にも分《わ》かってないなお前《まえ》は。いいか、これはお前自身《まえじしん》の問題《もんだい》なんだ。誰《だれ》でもない、お前自身《まえじしん》の将来《しょうらい》がかかった重要《じゅうよう》なことなんだ。そいつらだってな、口《くち》ではそう言《い》いながらも今《いま》、家《いえ》で必死《ひっし》に受験勉強《じゅけんべんきょう》してるかもしれないぞ？　所詮《しょせん》、お前《まえ》たちが言《い》う男《おとこ》の友情《ゆうじょう》なんてそんなもんさ。親《おや》の言《い》うことを聞《き》いて素直《すなお》に勉強《べんきょう》したやつが最後《さいご》に笑《わら》うんだよ。だいたい考《かんが》えが甘《あま》いんだよお前《まえ》は……」

所詮《しょせん》、って言《い》われた後《あと》から、胸《むね》の中《なか》に何《なに》かモワッとしたものが生《う》まれた。

それはものすごい勢《いきお》いで発熱《はつねつ》し、沸騰《ふっとう》したヤカンの湯気《ゆげ》みたいに一気《いっき》に頭《あたま》まで上《あ》がってきた。

「とにかくな、俺《おれ》の言《い》うことは絶対《ぜったい》に間違《まちが》ってないから、しっかり勉強《べんきょう》し……」

「うるさいよ」

「なにぃ？」

「お兄《にい》ちゃんになんか言《い》われたくない」

「何《なん》だと！」

「オレは、お兄《にい》ちゃんみたいにはならないから。私立《しりつ》なんか絶対《ぜったい》に行《い》かないから！」

「お前《まえ》、何《なん》だその口《くち》の利《き》き方《かた》は！」

「うるさい！　お兄《にい》ちゃんなんか大《だい》っ嫌《きら》いだ！　もう帰《かえ》ってくんなっ！」

抑《おさ》えきれなくて、投《な》げつけるように思《おも》いっきり【切《きる》】ボタンを押《お》してやった。

それに連動《れんどう》するかのように、店中《みせじゅう》の掛《か》け時計《どけい》が寸分《すんぶん》の狂《くる》いもなく一斉《いっせい》に鳴《な》り出《だ》す。

「何《なん》だよくそっ！　鬼《おに》っ！」

店中《みせじゅう》を行《い》き交《か》う、透明感《とうめいかん》のあるハイファイサウンド。

電波時計《でんぱどけい》は常《つね》に時間《じかん》が正確《せいかく》で素晴《すば》らしいけど。

こんだけの数《かず》が、それぞれ別《べつ》のメロディーを同時《どうじ》に鳴《な》らすもんだからわけ分《わ》かんなくて。

「うるせぇんだよ、もう！」

こういう時《とき》、お客《きゃく》さんがたまたま居合《いあ》わせたら、「なんてメルヘンチックなのかしら」

とか言《い》うんだろうな。

でも今《いま》のオレにとっては、イライラを増幅《ぞうふく》させるただの雑音《ざつおん》でしかない。

こんなことに当《あ》たってても仕方《しかた》ないんだけど、叫《さけ》ばずにはいられなかった。


「どうしたんだ、聖時《せいじ》」

自動《じどう》ドアが開《あ》いたのも気《き》づかず鼻息《はないき》を荒《あら》くしてるところへ、お父《とう》さんが帰《かえ》ってくる。

「電話《でんわ》、浩一《こういち》からか？」

「そうだよ、『鬼《おに》いちゃん』からだよ！　今《いま》から乗換《のりか》えだって。遅《おそ》くなるんだって！」

気《き》が治《おさ》まんない。

「何《なん》だ、また喧嘩《けんか》したのか？」

「何《なん》でもない！」

「あいつはな、言《い》い方《かた》はきついが、あれで色々《いろいろ》とお前《まえ》のことを考《かんが》えてくれてるんだよ」

いつもこうだ。

お父《とう》さんは昔《むかし》からお兄《にい》ちゃんの肩《かた》を持《も》つ。

「何《なん》でだよ。何《なん》でお父《とう》さんはいつも、お兄《にい》ちゃんの味方《みかた》なの？」

「別《べつ》にそういうつもりはないが」

「だって、いつもそうじゃないか！　オレ、何《なん》でお父《とう》さんがいつも、お兄《にい》ちゃんを悪《わる》く言《い》わないのか分《わ》かんないよ。オレたちを裏切《うらぎ》ったのに！　自分勝手《じぶんかって》な『ジコチュー野郎《やろう》』なのに！」

「そういうことを言《い》うもんじゃない。お前《まえ》の、たった一人《ひとり》の兄《あに》だぞ」

尚《なお》もかばいつつ、オレを嗜《たしな》めるようなその冷静《れいせい》さが、逆《ぎゃく》に胸《むね》の中《なか》の火《ひ》に油《あぶら》を注《そそ》いだ。

「頼《たの》んで弟《おとうと》にしてもらったわけじゃないや！　あんな裏切《うらぎ》り者《もの》、嫌《きら》いだ、大《だい》っ嫌《きら》いだ！」

「もういい、やめなさい」

止《と》まらなかった。

背《せ》を向《む》けるように目《め》を閉《と》じたその顔《かお》に向《む》かって、オレは思《おも》いっきり勢《いきお》い任《まか》せにぶちまけた。

「あんなやつの弟《おとうと》になんか生《う》まれてこなきゃよかった！」

……

一瞬《いっしゅん》、いやな間《ま》があった。

疲《つか》れた顔《かお》の中《なか》で、いつもの優《やさ》しい目《め》が悲《かな》しげに据《す》わったかと思《おも》うと、

「！」

後悔《こうかい》する間《ま》もなく不自《ふし》然《ぜん》な静《しず》けさを切《き》り裂《さ》いたのは、引《ひ》っぱたかれたほっぺたの衝撃音《しょうげきおん》だった。

「そんなこと、二度《にど》と言《い》うんじゃないぞ。お父《とう》さん許《ゆる》さないからな」

それは、今《いま》まで一度《いちど》も見《み》たことのない怖《こわ》い顔《かお》だった。

怒鳴《どな》りもせず、ガミガミ言《い》うこともなく、いつも穏《おだ》やかなお父《とう》さんが、怒《いか》りに声《こえ》を震《ふる》わせていた。

オレはいたたまれなくなって、わざと回転椅子《かいてんいす》にぶつかるようにして駆《か》け出《だ》すと、逃《に》げ込《こ》んだ店《みせ》の奥《おく》のドアを後《うし》ろ手《で》で思《おも》いっきり閉《し》めた。

3

ガラガラガラ　ガラガラガラガラ……

外《そと》でシャッターが閉《し》まる音《おと》がする。

たぶん向《む》かいの洋服屋《ようふくや》さん、佐伯洋品店《さえきようひんてん》だ。

商店街《しょうてんがい》のお店《みせ》は、本来《ほんらい》は午後《ごご》八時《はちじ》が閉店時刻《へいてんじこく》と決《き》まっていて、それまでは開《あ》けてなきゃいけない。

でも向《む》かいの佐伯洋品店《さえきようひんてん》は、いつも七時《しちじ》を過《す》ぎると早々《はやばや》と閉《し》めちゃう。

夕方《ゆうがた》から、仕事帰《しごとがえ》りの人《ひと》たちで一時的《いちじてき》に人通《ひとどお》りが多《おお》くなる時間帯《じかんたい》があって、辛《かろ》うじてそこまでは開《あ》けてるって感《かん》じみたい。

皆《みんな》、ずるいというか規約違反《きやくいはん》なのは分《わ》かってるけど目《め》をつぶってるんだって。よく分《わ》かんないけど。


オレが分《わ》かってることは、今《いま》はもう七時過《しちじす》ぎだってこと。

立《た》てこもってから、かれこれ二時間《にじかん》が経《た》つのか。どうりで真《ま》っ暗《くら》なわけだ。

それにしても窮屈《きゅうくつ》だ。泣《な》き寝入《ねい》りすらままならないとは。

この机《つくえ》の下《した》は、もうオレのサイズには合《あ》わないらしい。

「よっ、いしょっと」

やっとの思《おも》いで這《は》い出《で》て薄明《うすあ》かりの方《ほう》に目《め》をやると、窓《まど》を伝《つた》う滴《しずく》が小《ちい》さな綿毛《わたげ》に変《か》わっていた。

「わぁ、雪《ゆき》かぁ」

冷《ひ》え切《き》ったガラス窓《まど》に手《て》を置《お》いて、『お花畑《はなばたけ》』を覗《のぞ》いてみる。

人《ひと》が歩《ある》く敷石《しきいし》の部分《ぶぶん》はまだ雨《あめ》に濡《ぬ》れたままで真《ま》っ黒《くろ》だけど、花壇《かだん》の土《つち》の上《うえ》は既《すで》に薄《うっす》らと雪化粧《ゆきげしょう》していた。

火照《ほて》ったほっぺたを当《あ》てながら横目《よこめ》に見《み》ると、ひんやりの向《む》こう側《がわ》で、遠《とお》くのトウモロコシ畑《ばたけ》を照《て》らす外灯《がいとう》が、ぼんやりと三角形《さんかくけい》の雪《ゆき》もやを浮《う》かび上《あ》がらせていた。

クリスマスに雪《ゆき》が降《ふ》るなんて何年《なんねん》ぶりだろう。

元々《もともと》ここ沿岸《えんがん》の地域《ちいき》は雪《ゆき》が少《すく》ない上《うえ》に、年々《ねんねん》、地球温暖化《ちきゅうおんだんか》の影響《えいきょう》で昔《むかし》より降《ふ》らなくなってきたって、前《まえ》にお父《とう》さんたちが話《はな》してた。

覚《おぼ》えてないだけかもしれないけど、この時期《じき》、こんなふうに積《つ》もるくらいの雪《ゆき》が珍《めずら》しいということだけは確《たし》かだ。

そう言《い》えば、オレが生《う》まれた年《とし》のクリスマス——つまり生《う》まれた日《ひ》は、記録的《きろくてき》な大雪《おおゆき》だったって聞《き》いたことがある。

それでさえ十二年《じゅうにねん》も前《まえ》の話《はなし》なんだから、ホワイトクリスマスってのは本当《ほんとう》にめったにないことなんだろうな。

それにしても。

そんな特別《とくべつ》な日《ひ》を目前《もくぜん》に、何《なん》でこんな気持《きも》ちにならなきゃいけないんだよ。史上最悪《しじょうさいあく》の誕生日《たんじょうび》になりそうだ。

あれからお店《みせ》には、何人《なんにん》かのお客《きゃく》さんが入《はい》ってきたみたいだったけど。

何《いず》れも比較的短《ひかくてきみじか》い時間《じかん》でレジを打《う》つ音《おと》が聞《き》こえてきたから、きっと電池交換《でんちこうかん》とかバンド交換《こうかん》のお客《きゃく》さんだったんだろう。

「参《まい》ったなぁ」

お父《とう》さん、まだ怒《おこ》ってるかな。

出《で》て行《い》くタイミングがつかめない。

こんな状態《じょうたい》でお兄《にい》ちゃんが帰《かえ》ってきたら、ますます最悪《さいあく》だ。って言《い》うか、あんなこと言《い》っちゃった後《あと》で、どんな顔《かお》して会《あ》えばいいのか。よりによって今日《きょう》、二人《ふたり》を敵《てき》に回《まわ》すハメになるとは、なんてオレはバカなんだろう。これじゃ、プレゼントも諦《あきら》めざるを得《え》ない状況《じょうきょう》だ。

「あ～あぁ、本当《ほんとう》に最悪《さいあく》だ」

外《そと》の景色《けしき》とは対照的《たいしょうてき》なブルークリスマスを頭《あたま》の中《なか》に描《えが》き、ため息《いき》をつきながら古《ふる》びた写《しゃ》真立《しんた》てに手《て》を伸《の》ばす。

作業机《さぎょうづくえ》の端《はし》っこに置《お》かれてる、それ。くすんだ木枠《きわく》の中《なか》に収《おさ》められた、色褪《いろあ》せてトーンの甘《あま》くなったカラー写真《しゃしん》。

暗闇《くらやみ》に慣《な》れきった目《め》が、窓際《まどぎわ》の僅《わず》かな雪明《ゆきあ》かりの中《なか》でその色《いろ》を捉《とら》える。

「これって、オレが生《う》まれる何年《なんねん》も前《まえ》の写真《しゃしん》なんだよなぁ」

脇《わき》の方《ほう》に『どんな時計《とけい》でも修理《しゅうり》します』と書《か》かれたノボリが立《た》ってて、見《み》るからに昔《むかし》っぽいお店《みせ》の前《まえ》に笑顔《えがお》が四《よっ》つ並《なら》んでる。

お父《とう》さんの昔話《むかしばなし》だと、うちのお爺《じい》ちゃんってすごく厳《きび》しい人《ひと》だったみたいだけど。どう見《み》ても優《やさ》しい人《ひと》っぽいんだけどなぁ。

お兄《にい》ちゃんも、こんな幼《おさな》い時期《じき》があったんだな。着《き》ぐるみの帽子《ぼうし》か、これ。無邪気《むじゃき》に『なんとか光線《こうせん》』みたいなポーズまで決《き》めてなりきっちゃって。

お父《とう》さんも若《わか》いな。今《いま》より背《せ》が高《たか》く見《み》える。姿勢《しせい》がいいからかな。

そして、その隣《となり》で優《やさ》しそうに微笑《ほほえ》む、色白《いろじろ》の若《わか》い女性《ひと》……


「お母《かあ》さん……」

オレに一番近《いちばんちか》い人《ひと》のはずなのに、全然知《ぜんぜんし》らない人《ひと》。

「ねえ、何《なん》で」

声《こえ》も、ぬくもりも、優《やさ》しさも、何《なに》もかも分《わ》かんない。覚《おぼ》えてない。

学校《がっこう》の先生《せんせい》よりも、テレビのアイドルの人《ひと》たちよりも、遠《とお》い遠《とお》い存在《そんざい》の人《ひと》――

「ねえ。何《なん》で、何《なん》で死《し》んじゃったの？」

いつもは別《べつ》に寂《さび》しくも何《なん》ともない。強《つよ》がりとかじゃなくて、本当《ほんとう》に。

だけど。

こういう時《とき》、無性《むしょう》に会《あ》いたくなる。たまらなく恋《こい》しくなる。

どんな人《ひと》なのかも分《わ》かんないくせに、すごくすごく甘《あま》えたくなる。

きっと、この人《ひと》だけは、どんな時《とき》もオレの味方《みかた》でいてくれそうな気《き》がするから。

たとえ世界中《せかいじゅう》の皆《みんな》がオレを見放《みはな》しても、この人《ひと》だけはいつもオレを包《つつ》んでいてくれる気《き》がするから。この、誰《だれ》よりも優《やさ》しい笑顔《えがお》で……

「ねぇ、お母《かあ》さん」


お兄《にい》ちゃんはいいよな。

お爺《じい》ちゃんのことも、お母《かあ》さんのことも知《し》ってる。

一緒《いっしょ》に楽《たの》しい時間《じかん》を過《す》ごして、いっぱいかわいがってもらったんだろうな。

別《べつ》にひがんでるわけじゃないんだ。自分《じぶん》のことを不幸《ふこう》だなんて思《おも》ったこともない。

ただ……この写真《しゃしん》を見《み》るたびに、いつも思《おも》うんだ。

オレも、この中《なか》に入《はい》れたらいいのになって。

この写真《しゃしん》の中《なか》で、皆《みんな》と一緒《いっしょ》に笑《わら》っていたかったなって。

ほんの一瞬《いっしゅん》でもいいから、こうやってお母《かあ》さんとの思《おも》い出《で》が残《のこ》せるような時間《じかん》を、過《す》ごせたらよかったのになって……

――ゴト、チャリリン

不意《ふい》に、何《なに》かが床《ゆか》に落《お》ちるような音《おと》がした。

「ん？」

作業机《さぎょうづくえ》のスタンドを灯《とも》し、辺《あた》りを見回《みまわ》したが何《なに》も落《お》ちてない。

「おかしいなぁ。確《たし》かに今《いま》、この辺《へん》で音《おと》がしたはずなのに」

首《くび》を傾《かし》げながら腰《こし》を屈《かが》め、注意深《ちゅういぶか》く目《め》を凝《こ》らす。

「あ、あれか？　何《なん》だあれ」

作業机《さぎょうづくえ》の下《した》。

陰《かげ》になった奥《おく》の真《ま》っ暗《くら》いところに、僅《わず》かに青白《あおじろ》い光《ひかり》を帯《お》びた何《なに》かが、ぼんやりと浮《う》かび上《あ》がってる。

腕《うで》をめいっぱい伸《の》ばし拾《ひろ》い上《あ》げてみると、それは鉄《てつ》の鍵《かぎ》のようなものだった。

「あれ？　光《ひか》ってないじゃん。どうなってんだ？」

実際《じっさい》に手《て》に取《と》ったそれは、光《ひか》るどころか見《み》るからに年代《ねんだい》ものの風格《ふうかく》を醸《かも》し出《だ》す、黒《くろ》ずんだ錆《さ》び色《いろ》をしていた。

しかも、鍵《かぎ》のようだが先《さき》っちょにそれらしいギザギザはなく、中《なか》が四角《しかく》い空洞《くうどう》になってる。まるで途中《とちゅう》から切《き》り落《お》としたみたい。

上《うえ》の飾《かざ》り部分《ぶぶん》には、よくマンガとかで泥棒《どろぼう》が背負《せお》ってる風呂敷《ふろしき》の柄《がら》（唐草模様《からくさもよう》とか言《い》うやつ？）を、もっと複雑《ふくざつ》にしたような透《す》かし模様《もよう》が施《ほどこ》してあって。

何《なん》だかゲームに出《で》てくる伝説《でんせつ》の鍵《かぎ》みたいで、不思議《ふしぎ》な格好《かっこう》よさがあった。

「待《ま》てよ。これってもしかして……」

思《おも》いついて窓際《まどぎわ》の『ガラ箱《ばこ》』を漁《あさ》る。

「あった。やっぱりそうか」

中《なか》が四角《しかく》い空洞《くうどう》になった鍵《かぎ》には見覚《みおぼ》えがあった。

小《ちい》さい頃《ころ》に、この『ガラ箱《ばこ》』から持《も》ち出《だ》して「これ、なぁに？」って聞《き》いたら、お父《とう》さんが「昔《むかし》の時計《とけい》のゼンマイを巻《ま》く鍵《かぎ》だよ」って教《おし》えてくれたっけ。

でも、こんな複雑《ふくざつ》な模様《もよう》つきのを見《み》るのは初《はじ》めてだ。

何《なん》か得《とく》した気分《きぶん》。

「どれに合《あ》うのかな、この鍵《かぎ》」

壁《かべ》に掛《か》かっている時計《とけい》のガラス蓋《ぶた》を片《かた》っ端《ぱし》から開《あ》け、文字盤《もじばん》の穴《あな》に当《あ》ててみる。

これでゼンマイを巻《ま》いたら動《うご》き出《だ》すんだよな。何《なん》だか急《きゅう》に楽《たの》しくなってきたぞ。

穴《あな》はどの時計《とけい》にも二《ふた》つずつあって、どっちがどうとかはさっぱり分《わ》かんないから、とにかく手当《てあ》たり次第《しだい》。


しかし――

「これもだめかぁ。どの時計《とけい》の鍵《かぎ》なんだろう」

しらみつぶしにやってみたが、穴《あな》の直径《ちょっけい》が大《おお》きすぎたり小《ちい》さすぎたりでまったく合《あ》わなかった。

「残《のこ》るは、あれだけか。んーイマイチだなぁ」

反対側《はんたいがわ》の壁《かべ》。作業机《さぎょうづくえ》の脇《わき》の方《ほう》に一《ひと》つだけ別《べつ》に掛《か》けられた一番古臭《いちばんふるくさ》いやつ。

文字盤《もじばん》なんか、最初《さいしょ》は白《しろ》かったんだろうけど、すっかり日《ひ》に焼《や》けて汚《よご》れたみたいに黄《き》色《いろ》っぽくグラデーションしちゃって。

その黄《き》ばんだ文字盤《もじばん》の中心《ちゅうしん》から少《すこ》し上《うえ》の位置《いち》には、周《まわ》りのローマ数字《すうじ》と同《おな》じ黒《くろ》いインクで、他《ほか》の時計《とけい》よりも大《おお》き目《め》に『8DAY』と書《か》かれてる。

聞《き》いた話《はなし》だと、これはお爺《じい》ちゃんが若《わか》い頃《ころ》（『デッチボーコー』だった時《とき》？）、練習用《れんしゅうよう》にと苦労《くろう》して自前《じまえ》で買《か》った外国製《がいこくせい》の時計《とけい》らしい。

『8DAY』ってのは『八日巻《ようかま》き』と言《い》って、一週間《いっしゅうかん》に一度《いちど》ゼンマイを巻《ま》きながら使《つか》う、当時《とうじ》もっとも一般的《いっぱんてき》だった時計《とけい》みたい。

機械時計《きかいどけい》の基本中《きほんちゅう》の基本《きほん》なんだって。

お父《とう》さんも昔《むかし》、これで分解《ぶんかい》とか組《く》み立《た》てを教《おそ》わったって言《い》ってた。

その他大多数《ただいたすう》の時計《とけい》と同《おな》じ八角形《はっかくけい》の頭《あたま》をしてるけど、木《き》の艶《つや》とか丸《まる》みとかが他《ほか》のとはちょっと違《ちが》う雰囲気《ふんいき》で高級感《こうきゅうかん》が漂《ただよ》ってる。

確《たし》かに見《み》た目《め》はすごく味《あじ》があって悪《わる》くない。

だけど、ガラス蓋《ぶた》や振《ふ》り子《こ》すらついてなくて、これじゃまるでスクラップの一歩手前《いっぽてまえ》みたいだ。

たとえゼンマイを巻《ま》くことができたとしても動《うご》きそうにないんだよな、これ。

「ま、いっか」

オレは半《なか》ば諦《あきら》めながら、最後《さいご》に『だめもと』でその古時計《ふるどけい》の穴《あな》に鍵《かぎ》を差《さ》し込《こ》んでみた。

すると、
カチャン
「おお!? やったぁ！」

思《おも》いがけず、穴《あな》に鍵《かぎ》が収《おさ》まったもんだから嬉《うれ》しくなっちゃって。

さっそくゼンマイを巻《ま》いてみようかと指《ゆび》に力《ちから》を込《こ》めたのだが、次《つぎ》の瞬間《しゅんかん》、鍵《かぎ》が突然《とつぜん》またボーっと浮《う》かび上《あ》がるように青白《あおじろ》く光《ひか》り出《だ》した。

「な、何《なん》だよ。この鍵《かぎ》」

咄嗟《とっさ》に手《て》を離《はな》し戸惑《とまど》ってるオレの視界《しかい》に、今度《こんど》は別《べつ》の異変《いへん》が飛《と》び込《こ》んでくる。

見《み》ると、まるでその鍵《かぎ》からパワーでも与《あた》えられたみたいに、文字盤上部《もじばんじょうぶ》の文字《もじ》までもが青白《あおじろ》い光《ひかり》を帯《お》び始《はじ》めていた。

やがて文字《もじ》は瞬間的《しゅんかんてき》に眩《まばゆ》い光《ひかり》を放《はな》ったが、別《べつ》にそれ以上《いじょう》どうなるわけでもなく、何事《なにごと》もなかったかのように元《もと》の状態《じょうたい》に戻《もど》っ――

「え⁉」

それは、ごく小《ちい》さな変化《へんか》だった。

だけど、オレを混乱《こんらん》へと導《みちび》くには十分《じゅうぶん》すぎるほどの劇的《げきてき》な変化《へんか》だった。

「し、信《しん》じられねぇ、こんなの」

目《め》を疑《うたが》った。

文字盤上《もじばんじょう》の『八日巻《ようかま》き』を示《しめ》す、その文字《もじ》。

光《ひかり》が収《おさ》まれば何《なん》の変哲《へんてつ》もない、何十年《なんじゅうねん》も前《まえ》に書《か》かれたであろう、掠《かす》れた、黒《くろ》い、インク文字《もじ》。

その、ただ周《まわ》りの黄《き》ばみに同化《どうか》するように薄《うす》れていた『8DAY』の『8』の部分《ぶぶん》が、九十度《きゅうじゅうど》向《む》きを変《か》えていた。

そう。まるで、『無限大《むげんだい》』を示《しめ》すマークのように――

「無限大《むげんだい》…デイ……？」

――∞――

ガチャリ！　ガチャリガチャリガチャリ！

――突然《とつぜん》、身体中《からだじゅう》が青白《あおじろ》く光《ひか》り出《だ》したかと思《おも》うと、後《うし》ろで自転車《じてんしゃ》のギアチェンジに似《に》た音《おと》が畳《たた》みかけるように連《つら》なった。

「――さぁ、行《い》こう。準備《じゅんび》はできたよ」

何《なに》かが切《き》り替《か》わるようなその金属音《きんぞくおん》に紛《まぎ》れて、誰《だれ》か人《ひと》の声《こえ》が聞《き》こえた気《き》がした。

振《ふ》り返《かえ》ると、もう何年《なんねん》もの間《あいだ》、沈黙《ちんもく》を守《まも》り続《つづ》けてきた掛《か》け時計《どけい》たちが、永《なが》い眠《ねむ》りから目《め》覚《ざ》め大《おお》きく伸《の》びをするように、ギ、ギギギ、ギィギギギ…とゆっくり長針《ちょうしん》を動《うご》かし始《はじ》めていた。

しかもだ。どの時計《とけい》も揃《そろ》って反時計回《はんとけいまわ》りしながら、どんどん加速《かそく》していくではないか。

「ど、どうなってんだ⁉」

やがて、捲《まく》し立《た》てるような時打《ときう》ち鐘《がね》の多重奏《たじゅうそう》とハト時計《どけい》の輪唱《りんしょう》とが、運動会《うんどうかい》の応援合戦《おうえんがっせん》みたいな勢《いきお》いで部屋中《へやじゅう》に鳴《な》り響《ひび》く。

スピーカーを必要《ひつよう》ともせず、縦横無尽《じゅうおうむじん》に空間《くうかん》を駆《か》け巡《めぐ》るアナログ生音《なまおと》のど迫力《はくりょく》に、たまらずオレは耳《みみ》をふさいだ。

その時《とき》だった。

「うわあっ！」

いきなり、最上階《さいじょうかい》から急降下《きゅうこうか》する高速《こうそく》エレベーターに乗《の》っけられたような感覚《かんかく》が全身《ぜんしん》を襲《おそ》ってきた。

と思《おも》ったら、遊園地《ゆうえんち》のコーヒーカップでふざけてハンドルを回《まわ》しまくった時《とき》みたいに、部屋《へや》の景色《けしき》がぐるぐると回《まわ》り始《はじ》めた。

いや、そんなもんじゃない。部屋全体《へやぜんたい》がよじれながら色《いろ》んな方向《ほうこう》に傾《かたむ》いて、目《め》の前《まえ》が天井《てんじょう》になったり床《ゆか》になったりした。

もう、立《た》っていられなかった。

オレは、倒《たお》れるようにその場《ば》にしゃがみ込《こ》むと、耳《みみ》をふさいでも尚《なお》追《お》いかけてくる『時《とき》の輪舞《ロンド》』から逃《のが》れるように、グッと固《かた》く目《め》を閉《と》じた。

4

耳鳴《みみな》り。

めまい。

「――少《すこ》しの辛抱《しんぼう》だよ。すぐに楽《らく》になる」

何《なん》だよ、幻聴《げんちょう》まで聞《き》こえてくる。

頭《あたま》がおかしくなりそうだ。いや、既《すで》におかしくなっちゃったのかな。

助《たす》けて、お父《とう》さん。お兄《にい》ちゃんでもいい。

頼《たの》むよ。こんなの耐《た》えられないよ。

お願《ねが》い、誰《だれ》か、誰《だれ》か助《たす》けて――

残念《ざんねん》ながらオレ、たぶん宇宙飛行士《うちゅうひこうし》にはなれない。別《べつ》に将来《しょうらい》の夢《ゆめ》だったとか、そういうんじゃないけど。前《まえ》にテレビで見《み》たことがあった。宇宙飛行士《うちゅうひこうし》を養成《ようせい》する訓練《くんれん》で、はりつけの刑《けい》みたいにされたまま、ぐるんぐるん全方向《ぜんほうこう》に回《まわ》されるアレ。

機会《きかい》があったら一回《いっかい》くらいやってみたいな、なんて軽《かる》ーく思《おも》ってたけど。ちょっと無理《むり》かも。

三半規管《さんはんきかん》って耳《みみ》の奥《おく》の方《ほう》にあるんだよな、確《たし》か。だとすれば、音《おと》のうるささとバランスって関係《かんけい》あるのかな。あるはずだよ、絶対《ぜったい》。こんなふうに平衡感覚《へいこうかんかく》をダイレクトに攻《せ》められても平気《へいき》な人《ひと》じゃないと、宇宙《うちゅう》には行《い》けないってわけだ。

でも。こんなに辛《つら》い思《おも》いをして鍛《きた》えなくても、誰《だれ》もが快適《かいてき》に宇宙旅行《うちゅうりょこう》できる、もっと性能《せいのう》がいいロケットとか作《つく》られればいいのにな。

とりあえず、冷静《れいせい》にこんなことを考《かんが》えられるようになったのは、『養成訓練《ようせいくんれん》』がどうやら治《おさ》まったみたいだから。

何《なん》だったんだろう、今《いま》の。マジ死《し》ぬかと思《おも》ったよ。

ほんの一瞬《いっしゅん》の出来事《できごと》のようで、ものすごく長《なが》い時間《じかん》のようにも感《かん》じられた。

自分《じぶん》から志願《しがん》してこんな目《め》に遭《あ》うのは、やっぱり御免《ごめん》だ。


それにしても、昔《むかし》の時計《とけい》の音《おと》って凄《すさ》まじい。もう、勘弁《かんべん》してくれって感《かん》じ。

考《かんが》えてみりゃ、狭《せま》い部屋《へや》で色《いろ》んな打楽器《だがっき》を生演奏《なまえんそう》してるようなもんだから、うるさくて当然《とうぜん》か。

って言《い》うか、まだ鳴《な》ってやがる。

うるさいなぁ。

こんなふうに耳《みみ》をふさいでても、箱《はこ》の中《なか》で聞《き》いてるみたいにぐわんぐわん反響《はんきょう》してるんだもん……って。


「あれ？」

目《め》を開《あ》けると、やたらと窮屈《きゅうくつ》な暗闇《くらやみ》にいた。

いや、正確《せいかく》に言《い》えばオレ自身《じしん》は暗闇《くらやみ》の中《なか》にいるけど、目《め》の前《まえ》にあるたくさんの隙間《すきま》からは外《そと》の様子《ようす》が見《み》え隠《かく》れしていて、密閉《みっぺい》されてるわけじゃない。

しかもその向《む》こう側《がわ》にある眺《なが》めは、角度的《かくどてき》にどうやら馴染《なじ》み深《ぶか》いところから見《み》てる景色《けしき》のようで。

ついでに、この窮屈具合《きゅうくつぐあい》もよく知《し》ってるぞ。

「おかしいなぁ。どうなってんだ」

首《くび》を傾《かし》げるだけで頭《あたま》をぶつけそうな場所《ばしょ》。

いつの間《ま》にまた机《つくえ》の下《した》に入《はい》ったんだろう。無意識《むいしき》に隠《かく》れたのかな。学校《がっこう》でやった地震訓練《じしんくんれん》の成果《せいか》か？

気《き》がつくと、時計《とけい》もようやく鳴《な》り終《お》わってくれたみたいだった。

ホッとして耳《みみ》から手《て》を離《はな》すと、さっきまでの騒々《そうぞう》しさが嘘《うそ》みたいな静寂《せいじゃく》の中《なか》で、カッチとコッチとが追《お》いかけっこするように時《とき》を刻《きざ》んでいた。

でも、そう言《い》えば何《なん》でいきなり時計《とけい》が動《うご》き始《はじ》めてるんだろう。そうだよ、何《なん》で鳴《な》ったりしてたんだ？

そもそも、咄嗟《とっさ》にここに隠《かく》れなきゃいけないような理由《りゆう》が何《なに》かあったんだろうか。やっぱり地震《じしん》？

違《ちが》うな、こうしてずっと机《つくえ》の下《した》に入《はい》ってたような気《き》もするし。

おかしいな、思《おも》い出《だ》せなくなったぞ。

ついさっきまで分《わ》かってたような気《き》がしてたのに、全然何《ぜんぜんなん》にも覚《おぼ》えてない。

それに部屋《へや》の様子《ようす》が、さっきまでとは比《くら》べものにならないくらいに明《あか》るいのは何《なん》で？

まさか、皆怒《みんなおこ》ってるから起《お》こしてくれなくて、ここで一晩明《ひとばんあ》かしちゃったとか……

「痛《いた》っ」

不意《ふい》に目《め》の前《まえ》の隙間《すきま》が動《うご》いたかと思《おも》ったら、体育座《たいいくずわ》り状態《じょうたい》で縮《ちぢ》こまってる足《あし》が何《なに》かに踏《ふ》みつけられ、
ガンッ！

その反動《はんどう》で、机《つくえ》の脚《あし》の補強材《ほきょうざい》に横《よこ》ヘッドバッドを打《う》ち込《こ》んじまった。

「痛《い》ってぇな、もう……」

ダブルの衝撃《しょうげき》。

ベニヤ板《いた》だから音《おと》のわりには大《たい》して痛《いた》くなかったけど。

足《あし》の方《ほう》はかなり深刻《しんこく》だ。スニーカー越《ご》しとは言《い》え、親指《おやゆび》の爪部分《つめぶぶん》をグリッとやられたもんだから、もうマジ泣《な》きそう。

爪先《つまさき》をさすりながら蹲《うずくま》っていると、キュルキュルキュルキュルというキャスターの転《ころ》がっていく音《おと》がした。

「ん？」

ふと顔《かお》を上《あ》げるや否《いな》や、オレは、

「うわっ！」

ガガンッ！

今度《こんど》は引《ひ》き出《だ》しの真下《ました》にロケットのようなヘッドバッドを打《う》ち上《あ》げた。

今《いま》のは相当痛《そうとういた》かった。だけど、それどころじゃない。

だって、そこには、

「あ、ああ……」

目《め》の前《まえ》にぬうっと現《あらわ》れたのは、片目《かため》に黒《くろ》いものをはめ込《こ》んだままこちらを睨《にら》みつける、海賊《かいぞく》の親分《おやぶん》みたいな怖《こわ》い顔《かお》。

でも、その表情《ひょうじょう》にビビッてるわけじゃない。

これは分《わ》かってるんだ。

お父《とう》さんも同《おな》じで、修理中《しゅうりちゅう》に話《はな》しかけたりすると、別《べつ》に怒《おこ》らせたわけでもないのに振《ふ》り向《む》いた顔《かお》が睨《にら》んでる。

細《こま》かい作業《さぎょう》をしてる時《とき》、いちいち外《はず》すのが面倒《めんどう》なんだって。小《ちい》さい時《とき》は怒《おこ》られたんじゃないかって怯《ひる》んだりしてたけど、そうじゃないってのはもう分《わ》かってる。前《まえ》から分《わ》かってるんだ。

でも。こ、この人《ひと》って、

「お、おお、お……」

椅子《いす》に座《すわ》ったまま前屈《まえかが》みになって、こちらを覗《のぞ》き込《こ》むようにしてる見覚《みおぼ》えのある姿《すがた》。

キズミ※をつけたまま、訝《いぶか》しげにこちらを見《み》つめる白《しろ》いヒゲ。

「おお、おじ、おじ……？」

そう。そこには、明《あき》らかにあの色褪《いろあ》せた写真《しゃしん》の中《なか》で見《み》た、お爺《じい》ちゃんの顔《かお》があった――

「誰《だれ》だね？」

しゃ、喋《しゃべ》った！

「そんなところで何《なに》をしとる」

少《すこ》し掠《かす》れたような乾《かわ》いた声《こえ》。足《あし》もあるぞ、普通《ふつう》に。

幽霊《ゆうれい》じゃないの？

「あの、オレ、あ、いや僕《ぼく》、その……」

「まぁ、まずはそこから出《で》たらどうだね？」

慌《あわ》てつつも、そこかしこにぶつからないように慎重《しんちょう》に身体《からだ》を起《お》こす。

「ほほう。よくもまぁ、そんな大《おお》きいなりをして、こんな狭《せま》いところに隠《かく》れておったもんだな」

尚《なお》も海賊顔《かいぞくがお》で、不自然《ふしぜん》に固《かた》まってるオレを足《あし》の先《さき》から頭《あたま》の上《うえ》まで品定《しなさだ》めするように見《み》てる。

被《かぶ》ってる毛糸《けいと》っぽいチョコレート色《いろ》の帽子《ぼうし》は、てっぺんに丸《まる》いのがついてて、何《なん》だか海《かい》賊《ぞく》の親分《おやぶん》というにはかわいらしいんだけど。

「んん？」

※（目に装着して使用するルーペのこと）

やがて視線《しせん》が顔《かお》を捉《とら》えると、お爺《じい》ちゃんはおもむろにキズミを外《はず》し、まじまじとオレを見始《みはじ》めた。

「はて」

顔《かお》に穴《あな》が開《あ》いていく気《き》がした。

そんなに見《み》られると、目《め》のやり場《ば》に困《こま》っちゃうよ。

それより、オレの今置《いまお》かれてる状況《じょうきょう》ってのがあまりにも不可解《ふかかい》で、尚更目《なおさらめ》が泳《およ》いじゃう。

見慣《みな》れてるはずの部屋《へや》。配置《はいち》も何《なに》もかもがいつも通《どお》りなんだけど、何《なに》かが違《ちが》う。

そこにあるもの全《すべ》てが、決《けっ》して新《あたら》しくなったわけじゃないのに、何《なん》となく活《い》き活《い》きとしてるような感《かん》じ。

それに窓《まど》の外《そと》はどう見《み》てもまだ夜《よる》じゃないし。どうなってんだ。

極《きわ》めつきは、目《め》の前《まえ》にいる、この世《よ》にいるはずのない人《ひと》。

明《あき》らかに現実《げんじつ》でないことだけは確《たし》かだ。

そうか、待《ま》てよ。意識《いしき》はハッキリとしてるけど、実《じっ》はオレ眠《ねむ》ってるのかもしれない。それなら納得《なっとく》がいく。

だいたい、さっきから妙《みょう》に記憶《きおく》がおぼろげで感覚《かんかく》が現実的《げんじつてき》じゃないもんな。どう考《かんが》えたっておかしい。

まるで……

「夢《ゆめ》を見《み》ているようだな」

胸《むね》の中《なか》にあった言葉《ことば》の続《つづ》きが、白《しろ》い口《くち》ヒゲの動《うご》きと重《かさ》なる。

「え？」

お爺《じい》ちゃんは腕組《うでぐ》みをして背《せ》もたれに寄《よ》りかかると、今度《こんど》は目《め》を細《ほそ》めて、

「不思議《ふしぎ》なこともあるもんだ」

そう呟《つぶや》いた。

「たっだいまあー！」

そこへ、やけに元気《げんき》な声《こえ》が表《おもて》のドアを勢《いきお》いよく開《あ》け、ガッタガッタと聞《き》き覚《おぼ》えのある音《おと》を弾《はず》ませながら木戸《きど》の向《む》こう側《がわ》を走《はし》り抜《ぬ》けていく。

同時《どうじ》に頭《あたま》の中《なか》を、何《なん》だか面倒《めんどう》なことになりそうな予感《よかん》も走《はし》り抜《ぬ》けた。

って言《い》うかさ、いい加減早《かげんはや》く覚《さ》めてくれよ、夢《ゆめ》。

「お、帰《かえ》ってきたな、わんぱく坊主《ぼうず》」

ようやくお爺《じい》ちゃんの視線《しせん》から解放《かいほう》されたかと思《おも》ったら、家《いえ》の中《なか》から聞《き》こえてきた小《ちい》さな会話《かいわ》で再《ふたた》び胸《むね》の糸《いと》が張《は》り詰《つ》めた。

「ちょっと、コウちゃん？　またランドセルをこんなところに放《ほう》り投《な》げて。何度《なんど》言《い》ったら分《わ》かるの？」

「ごめん母《かあ》さん、俺《おれ》、急《いそ》いでるんだ！　行《い》ってきまーす！」

「宿題《しゅくだい》もやらずにどこに行《い》くの。ちょっと、コウちゃん！」

「ちゃんと約束《やくそく》どおり真《ま》っ直《す》ぐ帰《かえ》ってきたじゃん。あとでやるからぁ！　今《いま》、急《いそ》いでるんだってばぁ！」

「だーめ！　待《ま》ちなさい！　寄《よ》り道《みち》しなきゃいいってもんじゃないでしょ？」

やがて、ドタバタと慌《あわ》てたような靴音《くつおと》が、「もー！」とか叫《さけ》びながら木戸《きど》を開《あ》け中《なか》に入《はい》ってくる。

学校指定《がっこうしてい》、伝統《でんとう》のマリンブルーに二本《にほん》の白線《はくせん》。そのジャージ姿《すがた》に重《かさ》なる、メガネを外《はず》した時《とき》の『彼《かれ》』の面影《おもかげ》——

目《め》を擦《こす》ってみる。やっぱりだめか。参《まい》ったな。

どう見《み》てもお兄《にい》ちゃんだよな、この子《こ》。

「お願《ねが》いジージ、助《たす》けて？　もう試合始《しあいはじ》まってるんだ。それに、ただでさえ強豪《きょうごう》なのに向《む》こうは今日《きょう》一人《ひとり》多《おお》いんだよ。『ひっこ』が都合悪《つごうわる》い上《うえ》に俺《おれ》が行《い》かなきゃ絶対《ぜったい》にボロ負《ま》けしちゃうんだ、このとおり！」

顔《かお》の前《まえ》で合《あ》わせた手《て》の下《した》から、ギュッと閉《と》じた目《め》を片方《かたほう》だけ開《あ》けて恐《おそ》る恐《おそ》るこちらを窺《うかが》ってる。

『ジージ』だってさ。『コウちゃん』とか呼《よ》ばれてるし。あの顔《かお》のまんまだけど何《なん》だか妙《みょう》に子供《こども》っぽいなぁ。あ、子供《こども》か今《いま》は。

「……あれ？」

うわ、目《め》が合《あ》った。

「お前《まえ》、誰《だれ》なの？」

弟《おとうと》デス。

そうとしか言《い》いようがないけど、言《い》えるわけがない。

でも、あれか。夢《ゆめ》ならどう言《い》おうが関係《かんけい》ないよな。どうせ目《め》が覚《さ》めれば何《なん》の不《ふ》都合《つごう》もないし。

いっそのこと、「ボク桃太郎《ももたろう》です、未来《みらい》からお兄退治《にいたいじ》に来《き》ました！」とでも言《い》ってみるか。わけ分《わ》かんなくていいかも。

なんて、こんな時《とき》でも密《ひそ》かに日頃《ひごろ》の仕返《しかえ》しを思《おも》いついちゃう自分《じぶん》が、ちょっとネクラみたいで嫌気《いやけ》が差《さ》した。

そんな自己嫌悪《じこけんお》に浸《ひた》る間《ま》もなく、玄関《げんかん》で「よいしょ」と小《ちい》さな掛《か》け声《ごえ》がして、足音《あしおと》がゆっくりとこちらに近《ちか》づいてくる。

やがて足音《あしおと》は、開《あ》け放《はな》たれた部屋《へや》の前《まえ》に立《た》った。

「コウちゃん、待《ま》ちなさ……あら、お友達《ともだち》も来《き》てたの？」

瞬間《しゅんかん》。心臓《しんぞう》を直接鷲《ちょくせつわし》づかみで圧縮《あっしゅく》されたかのように、胸《むね》がドクン！と大《おお》きく脈打《みゃくう》った。

「こんにちは。同《おな》じクラスかな？　うちに来《く》るのは初《はじ》めてよね？」

喋《しゃべ》ってる。お母《かあ》さんが、生《い》きて、目《め》の前《まえ》で笑《わら》ってる……

「いつも浩一《こういち》と遊《あそ》んでくれて、ありがとねー」

見開《みひら》いた目《め》が、その姿《すがた》を捉《とら》えたまま離《はな》れようとしなかった。

瞬《まばた》きを忘《わす》れるほどに、見《み》つめずにはいられなかった。

もしかして、一目惚《ひとめぼ》れってこんな感《かん》じなのかな。

出会《であ》った瞬間《しゅんかん》に好《す》きになるって、こういうことを言《い》うのかな。

自分《じぶん》の親《おや》なのに、こんな気持《きも》ちになるなんて、オレおかしいのかな。

だって、写真《しゃしん》よりずっときれいで、かわいくって、優《やさ》しそうだよ。

セーターが膝《ひざ》ぐらいまであって、お腹《なか》の辺《あた》りがぽっこり丸《まる》く膨《ふく》らんでるけど、太《ふと》ってるからじゃないよね。分《わ》かってる。

でも別《べつ》に太《ふと》ってたって何《なん》だっていいんだ。

だってこれが、この人《ひと》がオレの、お母《かあ》さん……


「ああ、この子《こ》はな、わしの古《ふる》い友人《ゆうじん》の孫《まご》だよ。わけあって二《に》、三日《さんにち》預《あず》かることになった。構《かま》わんかね？」

「あら、そうだったんですか。ええ、私《わたし》は一向《いっこう》に構《かま》わないですよ。同《おな》い年《どし》くらいかしら？この子《こ》は浩一《こういち》って言《い》うの、仲《なか》よくしてね？」

ぎこちなく頷《うなず》くのが精一杯《せいいっぱい》だった。

先生《せんせい》に五時間目《ごじかんめ》のまどろみを打《う》ち破《やぶ》られ、「次《つぎ》、読《よ》んでみろ」と言《い》われた時《とき》よりも心臓《しんぞう》がバクバク言《い》ってる。

それにしても、ことがうまく運《はこ》びすぎてるのは、やっぱりこれが夢《ゆめ》だからだろうか。

でも。もしも、もしもそうなら――

「ぼ、僕《ぼく》、聖時《せいじ》、って言《い》います……」

「聖時《せいじ》くんね。遠慮《えんりょ》しなくていいのよ？　ゆっくりしてってね？」

「は、はい！」

お願《ねが》い。もしもそうなら、やっぱりまだ覚《さ》めないで。

夢《ゆめ》なら、夢《ゆめ》なら覚《さ》めないでいて……


「お前《まえ》、サッカーできる？」

不意《ふい》にマリンブルーのジャージが横《よこ》に来《き》て、小声《こごえ》で言《い》った。

「え、ああ、まぁまぁ」

そんなことどうでもよくて適当《てきとう》に返事《へんじ》したら、何《なん》だか目《め》をキラキラさせて、

「本当《ほんとう》か？　攻《せ》め？　守《まも》り？」

って、しつこいから、

「うん。一応《いちおう》、フォワード」

って答《こた》えたら、囁《ささや》き声《ごえ》で「イエス！　イエス！」って叫《さけ》びながら小《ちい》さくガッツポーズ作《つく》ってやがる。

この子《こ》、本当《ほんとう》にあの『鬼《おに》いちゃん』か？　何《なん》か雰囲気《ふんいき》がまるで別人《べつじん》みたいだよな。

人間《にんげん》って大人《おとな》になるにつれて、あんなにも変《か》わっちゃうもんなんだろうか。

なんて思《おも》ってたら、

「決《き》まり！　行《い》くぞ、セージ！」

「おあっ！」

出《だ》し抜《ぬ》けに何《なん》なんだ、こいつは。

どうやら『ジコチュー野郎《やろう》』なのは変《か》わってないらしい。

おいおい、袖《そで》だけ引《ひ》っ張《ぱ》んなよ、脱《ぬ》げちゃうって！

「コウちゃん！　ちょっと、コウ！　こらっ、待《ま》ちなさい浩一《こういち》！」

「ちゃんと五時《ごじ》には帰《かえ》るから！　行《い》ってきまーす！」

「おい、ちょっ、やめ、放《はな》せ！　放《はな》せー！」

振《ふ》りほどこうにも伸《の》びた袖《そで》をグイグイ持《も》ってかれたら、なす術《すべ》もない。これじゃまるで犬《いぬ》の散歩状態《さんぽじょうたい》だ。

もっとお母《かあ》さんと一緒《いっしょ》にいたかったのに！

オレは、ただただこの夢《ゆめ》がずーっと覚《さ》めませんようにと祈《いの》りながら、少年《しょうねん》コウちゃんに引《ひ》きずられるようにして泣《な》く泣《な》く部屋《へや》をあとにした。

第《だい》二《に》章《しょう》　妙《みょう》な噂《うわさ》

1

ドアを開《あ》けると、お客《きゃく》さんが何人《なんにん》かショーケースを眺《なが》めていた。

いつもより、どことなく明《あか》るさが白《しろ》っぽく感《かん》じるお店《みせ》の真《ま》ん中《なか》で、お父《とう》さんが背中《せなか》を丸《まる》めて机《つくえ》に向《む》かってる。

オレたちがドタバタと横《よこ》を通《とお》り過《す》ぎると、海賊《かいぞく》の睨《にら》みで一度《いちど》チラッとこちらを見《み》て、いつもみたいに小《ちい》さく手《て》を振《ふ》ってくれたけど。

もう一度《いちど》顔《かお》を上《あ》げると、ちょっと不思議《ふしぎ》そうに首《くび》を傾《かし》げてた。

さっきまであんなに気《き》まずかったのに、お父《とう》さんだけは一番《いちばん》身近《みぢか》な感《かん》じがして、何《なん》かホッとしちゃった。

だって信《しん》じられない状況《じょうきょう》の中《なか》で、唯一《ゆいいつ》変《か》わってない存在《そんざい》なんだもん。でも、髪《かみ》の毛《け》は随《ずい》分《ぶん》と真《ま》っ黒《くろ》だなぁ。

そんなことを思《おも》いつつ何《なん》の気《き》なしに表《おもて》に目《め》を向《む》けたら、また目《め》を擦《こす》りたくなった。

「これって——」

驚《おどろ》く間《ま》もなく連《つ》れ出《だ》された自動《じどう》ドアの向《む》こう側《がわ》。

そこには理想郷《りそうきょう》という名《な》の、まさに夢《ゆめ》の世界《せかい》が広《ひろ》がっていた。

店看板《みせかんばん》の下《した》から斜《なな》めに突《つ》き出《だ》した、『SALE』と書《か》かれた三角《さんかく》の旗《はた》たち。

その鮮《あざ》やかな赤《あか》と緑《みどり》とが交互《こうご》に、商店街《しょうてんがい》の端《はし》から端《はし》までズラーっと両《りょう》サイドに連《つら》なっていて。

向《む》かいの洋服屋《ようふくや》さんも、その隣《となり》のお菓子屋《かしや》さんも薬屋《くすりや》さんも皆《みな》、店先《みせさき》を小《ちい》さなツリーやリーフで賑《にぎ》やかに飾《かざ》りつけてる。

そんなクリスマス色《いろ》に華《はな》やいだ通《とお》りを行《い》き交《か》う、様々《さまざま》な色《いろ》を纏《まと》った人《ひと》たち。

流《なが》れゆくショーウィンドウはどれも、チカチカ煌《きら》めいては人《ひと》ごみに紛《まぎ》れ、また現《あらわ》れては煌《きら》めき、まるで街頭《がいとう》のクリスマスソングに合《あ》わせるかのように楽《たの》しげなリズムで瞬《またた》いてる。見上《みあ》げれば、でっかく【港一番町駅前商店街《みなといちばんちょうえきまえしょうてんがい》★大《だい》クリスマスセール】と書《か》かれた横断幕《おうだんまく》が、雑踏《ざっとう》と天井《てんじょう》の間《あいだ》に華々《はなばな》しく歓迎《かんげい》のアーチを架《か》けていた。

そう言《い》えば小《ちい》さい頃《ころ》は、季節《きせつ》が変《か》わるたび、こういうのが何種類《なんしゅるい》か順繰《じゅんぐ》りに架《か》かってたような気《き》がするな……

その、頭《あたま》のどこかで思《おも》い描《えが》いていたメインストリート本来《ほんらい》の姿《すがた》は、オレみたいな子供《こども》でさえ妙《みょう》な懐《なつ》かしさを覚《おぼ》えるほどに、遠《とお》い昔話《むかしばなし》の世界《せかい》に思《おも》えた。

連《つ》れて来《こ》られたのは、歩道橋《ほどうきょう》の先《さき》にある川沿《かわぞ》いの土手《どて》だった。途中《とちゅう》、いい加減《かげん》走《はし》りづらくて「もう放《はな》せよ、どこ行《い》くんだよ！」って文句《もんく》言《い》ったら、「Kリーグが開幕《かいまく》したんだ！」なんてわけ分《わ》かんないことを言《い》うから聞《き》き返《かえ》したんだ。そしたら「河川敷《かせんじき》のK！」だって。なんのこっちゃ。

オレがズッコケる素振《そぶ》りをしたらそれが妙《みょう》にウケて、気《き》に入《い》られちゃったみたいで。そこからは並《なら》んで走《はし》りながら色々《いろいろ》教《おし》えてくれた。

ついこの前《まえ》までは仲間四人《なかまよにん》、港《みなと》の近《ちか》くにある『ウミネコ公園《こうえん》』で野球《やきゅう》ごっこをしてたらしい。ところが学校《がっこう》に苦情《くじょう》がいって（どうやら身《み》に覚《おぼ》えがあるみたい）こっぴどく怒《おこ》られたんだって。

いい遊《あそ》び場《ば》がないか探《さが》してたら、ここを見《み》つけたが既《すで》に先客《せんきゃく》がいた。昔《むかし》から川《かわ》を境《さかい》に学《がっ》区《く》が分《わ》けられてるんだけど、そいつらはいつもここでサッカーをやってる隣《となり》の小学校《しょうがっこう》の連《れん》中《ちゅう》だった。

サッカーが流行《はや》ってきてて興味《きょうみ》もあったが、最初《さいしょ》は端《はし》っこの方《ほう》で小《ちい》さく野球《やきゅう》ごっこをしてた。

そのうち向《む》こうの方《ほう》から「一緒《いっしょ》にやろうぜ」って誘《さそ》ってくれたのがキッカケで、まぜてもらうことになった。

話《はな》してみると、すごく気《き》が合《あ》いそうな連中《れんちゅう》だったって。勉強《べんきょう》なんかより友達《ともだち》との時間《じかん》を重《おも》んじるスタンスが、『ムテキーズ』の信念《しんねん》に通《つう》じるものがあったとか何《なん》とか、さっぱり意味分《いみわ》かんなかったけど。

まぁ、そんなこんなで、やってみたら最後《さいご》、「サッカーって、すげぇ燃《も》えるよな！」ってことで、ついにはクラスの連中《れんちゅう》に声《こえ》を掛《か》けて人数《にんずう》を集《あつ》め、対校試合《たいこうじあい》できるまでに発展《はってん》したんだって。なるほど『Kリーグ』ね。

こんなわけ分《わ》かんない状況《じょうきょう》にもかかわらず、話《はなし》を聞《き》きながら妙《みょう》にワクワクしてる自分《じぶん》がいた。

それまで戸惑《とまど》いながらふてくされてたのに、「そうなんだよ。サッカーって燃《も》えるんだよね」なんて急《きゅう》に相槌《あいづち》打ってみたりして。

相手《あいて》があの『鬼《おに》いちゃん』の前身《ぜんしん》だとは言《い》え、サッカーのこととなれば話《はなし》は別《べつ》だ。だって、大好《だいす》きなんだもん。

土手《どて》に上《あ》がると、今《いま》はゲートボール場《じょう》になってしまった場所《ばしょ》の辺《あた》りに、ネットのないサビサビのゴールが見《み》えてきた。

ほとんど消《き》えかかった白線《はくせん》の囲《かこ》いの中《なか》では既《すで》に、マリンブルーとエンジとが入《い》り交《ま》じり、騒《さわ》ぎながらボールを追《お》いかけ走《はし》り回《まわ》ってる。

一見《いっけん》いい色《いろ》だけど微妙《びみょう》に田舎《いなか》っぽさを含《ふく》んだこのブルーは、オレも通《かよ》ってる港第一小学《みなとだいいちしょうがっ》校《こう》（通称《つうしょう》『みな小《しょう》』）のジャージ。

で、何《なん》となく昔《むかし》から威圧感《いあつかん》があって、見《み》かけるとついつい意識《いしき》してしまうこのエンジは、南港台小学校《なんこうだいしょうがっこう》（通称《つうしょう》『なん小《しょう》』）のジャージ。

普段《ふだん》こんな光景《こうけい》を目《め》にすることは、めったにない。学区《がっく》は隣同士《となりどうし》だけど、オレの周《まわ》りに限《かぎ》って言《い》えばほとんど交流《こうりゅう》なんかないし。

ましてや市内《しない》の大会《たいかい》でも何《なん》でもないのに、皆《みんな》こぞってジャージ姿《すがた》だなんて。

この寒空《さむぞら》の下《した》で、枠内《わくない》に収《おさ》まり競《せ》り合《あ》ってる赤《あか》と青《あお》のコントラストが、何《なん》だかすごく新鮮《しんせん》だった。

「おーい！」

こちらに気《き》づいた一人《ひとり》が、大《おお》きく手《て》を振《ふ》りながら「タイム！　タイム！」と叫《さけ》んで駆《か》け寄《よ》ってくる。

オレたちも土手《どて》を駆《か》け下《お》りていくと、もう一人《ひとり》別《べつ》のやつもゴール前《まえ》から白《しろ》い息《いき》を弾《はず》ませ、こちらに向《む》かって走《はし》ってきた。

「もう、コウちゃん遅《おそ》いって！」

先に到着《とうちゃく》した、小柄《こがら》で見《み》るからにすばしっこそうな茶髪《ちゃぱつ》くんが、ジャージのズボンを捲《まく》り上《あ》げながら顰《しか》めっ面《つら》で洟《はな》を啜《すす》る。

「洋平《ようへい》、悪《わり》ぃ！　ちょっと家《いえ》で手《て》こずっちまった。今《いま》、何対何《なんたいなん》？」

「二《に》―一《いち》で負《ま》けてる。ついさっき、またまた『坂《さか》ピー』がカミワザで何《なん》とか一点返《いってんかえ》したとこ」

「おお？　またまた!?　すげぇ！」

向《む》こうからドテドテと走《はし》ってくるもう一人《ひとり》は、随分《ずいぶん》と体格《たいかく》のいいやつだ。見《み》た目《め》はサッカーというよりモンゴル相撲《ずもう》って感《かん》じなんだけど、意外《いがい》とああいうやつってセンスあったりするからな。

やがて、坂《さか》ピーと呼《よ》ばれる、どうやらこのチームのエースストライカーらしき短髪《たんぱつ》の勇《ゆう》者《しゃ》が到着《とうちゃく》すると、

「なぁなぁ、今度《こんど》はどうやってスーパーゴール決《き》めたんだ!?」

また少年《しょうねん》コウちゃんは嬉《うれ》しそうに目《め》をキラキラさせちゃって。でも、オレも興味《きょうみ》あるぞ。

すると坂《さか》ピーは、膝《ひざ》に手《て》をついて息《いき》を切《き》らしながらも誇《ほこ》らしげな顔《かお》で言《い》った。

「ゴール前《まえ》に立《た》ってたらさ、洋平《ようへい》のシュートがバーに跳《は》ね返《かえ》ってさ、ダイレクトに俺《おれ》の後頭部《こうとうぶ》に、こう、ガンッガーン！　ってよ。そりゃもうキーパー、一歩《いっぽ》も動《うご》けなかったぜ！　な？」

って、偶然《ぐうぜん》かよ！

確《たし》かにそりゃ神業《かみわざ》だ。たとえメッシやロナウドでも難《むずか》しそう。

オレは立場的《たちばてき》に口元《くちもと》で堪《こら》えてたけど、二人《ふたり》は頭《あたま》の後《うし》ろについたボールのあとを指差《ゆびさ》して

「さすがだよ坂《さか》ピー」とか言《い》いながら、腹《はら》を抱《かか》えてゲラゲラ笑《わら》ってる。何《なん》だか楽《たの》しそうな連中《れんちゅう》だな。

「っちゅーか、コウちゃん。その子《こ》は？」

ふと、勇者坂《ゆうしゃさか》ピーが不思議《ふしぎ》そうにオレを見《み》る。

「おお。実《じつ》は遅《おそ》くなった理由《りゆう》ってのは、この助《すけ》っ人《と》外国人《がいこくじん》をスカウトしてたからなんだ！」

いつの間《ま》にか助《すけ》っ人《と》にさせられたらしい。

どうせ、そんなことだろうとは思《おも》ったけどさ。

って、誰《だれ》が外国人《がいこくじん》だ、おい。

「こいつ、セージっていうんだ。攻《せ》めに加《くわ》えようと思《おも》う。『ひっこ』は今日《きょう》も都合悪《つごうわる》いみ

たいで来《こ》られねぇって言《い》うからさ。でも、これで人数合《にんずうあ》うだろ？」

「じゃあ俺《おれ》、もう守《まも》りに回《まわ》ってもいい？　キーパーがいいなぁ動《うご》かなくていいし。疲《つか》れちったよ」

「だーめ。坂《さか》ピーはとっておきの秘密兵器《ひみつへいき》なんだから。それにさ、キーパーになってうちのゴールでカミワザ使《つか》われても困《こま》るし！」

「うわ、酷《ひで》えなぁ。そんなわけねぇだろ？」

いや、十分《じゅうぶん》やりそうな気《き》がするぞ。キミの場合《ばあい》。

「けどさ、その格好《かっこう》だとやばくねえ？」

靴紐《くつひも》を結《むす》んでいた洋平《ようへい》が、急《きゅう》に立《た》ち上《あ》がったかと思《おも》ったら、

「昨日《きのう》の夜《よる》、雨降《あめふ》ったから、こんなんなるよ？」

と言《い》いながら、泥《どろ》だらけのジャージを摘《つま》んでみせた。

「この前俺《まえおれ》もさ、普通《ふつう》の格好《かっこう》でやったんだけど、帰《かえ》ったら母《かあ》ちゃんにボロクソ怒《おこ》られたんだ。この服《ふく》、いくらすると思《おも》ってんの！　なんて、知《し》るかよなぁ」

「洗濯屋《せんたくや》のくせにか？」

坂《さか》ピーがつっ込《こ》むと、

「クリーニングって言《い》えよ普通《ふつう》に、バカピー」

「バカとは何《なん》だ、チビ五郎《ごろう》のくせに」

いいコンビっぽいな、この二人《ふたり》。

そう言《い》えば今日《きょう》は終業式《しゅうぎょうしき》で体育《たいいく》もないから、朝《あさ》から普通《ふつう》にジーンズにスウェットパーカーだった。

いや、普段《ふだん》ならそんなの全然気《ぜんぜんき》にしないんだけど。

「あの、どうしようかな、オレ……」

「おーい、まだぁー？」

向《む》こうから、ボールを弾《はず》ませる音《おと》と共《とも》に待《ま》ちくたびれたような弾《はず》まない声《こえ》が小《ちい》さく聞《き》こえてくる。

「大丈夫《だいじょうぶ》だって！　行《い》くぞセージ、ほら」

「あ、ああ、うん……」

何《なに》が大丈夫《だいじょうぶ》なんだか。

どうせこいつは今《いま》、目《め》の前《まえ》の試合《しあい》のことしか考《かんが》えてないんだろうな。

まぁ、いいや。

フィールドに入《はい》ると、少年《しょうねん》コウちゃんが『なん小《しょう》』の一人《ひとり》にオレのことを紹介《しょうかい》し、間《ま》もなく試合《しあい》が再開《さいかい》された。

試合《しあい》は思《おも》った以上《いじょう》に皆本気《みんなほんき》モードだった。

見《み》てると、『なん小《しょう》』にはどうやらルールをよく知《し》ってるやつが一人《ひとり》いて、今《いま》のはファールだとか、こっちのボールだとか、審判役《しんぱんやく》を兼《か》ねてるみたいだった。ハンド、とか、足《あし》を引《ひ》っかけた、とかの反則《はんそく》は当《あ》たり前《まえ》だけど、まさかオフサイドなんて言葉《ことば》をここで聞《き》けるとは思《おも》ってもみなかったよ。オレらでさえ、学校《がっこう》でやる時《とき》にはそんなの関係《かんけい》なくやってるのに。

でも、それでいてレベルは低《ひく》い感《かん》じがした。

だって、キックなんて爪先《つまさき》だけで蹴《け》ってるやつがほとんどだし、身《み》のこなしなんか全然《ぜんぜん》さまになってない。

おいおい、あれはドリブルか？　スキップしながらつんのめってるようにしか見《み》えないぞ。

オレがこんなに偉《えら》そうなのは、一応《いちおう》サッカーの『洗礼《せんれい》』を受《う》けてるから。クラスの仲《なか》がいいやつらがスポ少《しょう》に入《はい》ってて、休《やす》み時間《じかん》の時《とき》とか体育《たいいく》の時《とき》に色々《いろいろ》と教《おし》えてもらってるんだ。

あと、そいつらの練習《れんしゅう》が休《やす》みの日《ひ》の放課後《ほうかご》は、いつも一緒《いっしょ》にボールを蹴《け》って遊《あそ》んでるし。本当《ほんとう》はオレもスポ少《しょう》に入《はい》りたいんだけど、うちはお父《とう》さんしかいないし、お店《みせ》もやってるから時間的《じかんてき》に無理《むり》があって。遠征《えんせい》とかもしょっちゅうあるみたいだから遠慮《えんりょ》してるってわけ。

だから、中学《ちゅうがく》に入《はい》ったら学校《がっこう》のサッカー部《ぶ》で一緒《いっしょ》にプレーしようぜって、そいつらと約束《やくそく》してるんだ。唯一《ゆいいつ》、中学生《ちゅうがくせい》になるのが楽《たの》しみなことがそれかな。

しかしこうやって広《ひろ》いフィールドに立《た》ってる姿《すがた》を見《み》ると、あの坂《さか》ピーってやつ、やっぱりモンゴル相撲《ずもう》の少年横綱《しょうねんよこづな》みたいだよなぁ。

うわ、横《よこ》からボールを奪《うば》いにいったやつ、タックルした途端《とたん》に吹《ふ》っ飛《と》ばされた！　さすが横綱《よこづな》だ。ビクともしない。

その巨体《きょたい》から軽々《かるがる》と押《お》し出《だ》されたボールを目《め》がけ、マリンブルーとエンジが一斉《いっせい》に群《むら》がる。

一人《ひとり》ひょいと抜《ぬ》け出《で》たマリンブルーが、茶髪《ちゃぱつ》を靡《なび》かせ一気《いっき》にハーフウェイラインを越《こ》えた。

それにしてもあの洋平《ようへい》ってやつ、ハンパなく足《あし》が速《はや》いな。誰《だれ》も追《お》いつけないよ、あれじゃ。

独走態勢《どくそうたいせい》かと思《おも》いきや、あーあ、ボールがついてってない。置《お》いてっちゃった。

こうして離《はな》れて見《み》てるけど、別《べつ》に偉《えら》ぶって高《たか》みの見物《けんぶつ》してるわけじゃないよ。ボールに寄《よ》っていくんじゃなく、空《あ》いてるスペースにいて周《まわ》りの状況《じょうきょう》を見《み》ながらチャンスを待《ま》ってるんだ。これも教《おそ》わったことの一《ひと》つ。

少年《しょうねん》コウちゃんは、どうやらその辺《へん》が感覚的《かんかくてき》に分《わ》かってるみたいで、いつもボールから距離《きょり》を置《お》いた位置《いち》で「パス、パス！」って叫《さけ》んでる。

その他大勢《たおおぜい》が再《ふたた》びボールを狙《ねら》って突進《とっしん》していき、今度《こんど》は『なん小《しょう》』のやつがキープしたようだ。

思《おも》いっきりクリアしようとしたところに洋平《ようへい》が執念《しゅうねん》で足《あし》を出《だ》し、ボールが高《たか》く舞《ま》い上《あ》がりながら横《よこ》に逸《そ》れてゆく。

「来《き》た」

妙《みょう》な回転《かいてん》がついたボールが、ワンバウンドするのと同時《どうじ》に、加速《かそく》したように斜《なな》め前方《ぜんぽう》に転《ころ》がってゆく。

中央《ちゅうおう》に皆《みんな》ゴチャゴチャ固《かた》まってるから、サイドは丸《まる》っきりフリーだ。

これはオフサイドにはならないよな、よし。

逃《に》げていくボールを、タッチラインに沿《そ》って懸命《けんめい》に追《お》う。

でも追《お》いつけるだろうか。かなりギリギリっぽい。

視界《しかい》の端《はし》にエンジがちらついてくる。くそ、負《ま》けるかよ。

ボールの勢《いきお》いが急激《きゅうげき》に失速《しっそく》したお陰《かげ》で、何《なん》とか追《お》いついたのはラインぎりぎりのところだった。

それが水溜《みずた》まりのせいだと気《き》づいた時《とき》には既《すで》に遅《おそ》く、もうスニーカーも裾《すそ》もずぶ濡《ぬ》れだ。

ぬかるみを抜《ぬ》け出《だ》そうと、ゴールラインに向《む》かって必死《ひっし》にドリブルする。

もう、泥《どろ》がはねるのなんか気《き》にしてられるか。

足《あし》をとられスピードダウンしたところに、エンジのジャージが追《お》いつきやがった。

一対一《いちたいいち》だ。フェイントかけて抜《ぬ》きたいところだけど、このぬかるみじゃ思《おも》うようにコントロールできそうにない。

いっそのこと、こいつにわざと当《あ》てて外《そと》に出《だ》すか。そうすればコーナーキックに……


「セージ！」


そこへ、思《おも》いがけず走《はし》ってきたのは少年《しょうねん》コウちゃんだ。

オレは一瞬《いっしゅん》の隙《すき》をつき、ボールをチョンと強《つよ》めに蹴《け》り出《だ》し相手《あいて》の股《また》の間《あいだ》を抜《ぬ》いてやった。

受《う》け取《と》った少年《しょうねん》コウちゃんが、そのままライン際《ぎわ》をゴールエリアへと攻《せ》め入《い》る。

今《いま》ならまだディフェンスが戻《もど》ってきてない。行《い》け！　コウちゃん！　キーパーを挟《はさ》み撃《う》ちだ！

オレはそのまま回《まわ》り込《こ》んで中《なか》まで猛《もう》ダッシュ。

まだだよ、そう、極限《きょくげん》までキーパーをひき付《つ》けて……

今《いま》だ！

「コウちゃん！」

焦《あせ》って出《で》てきたキーパーの脇《わき》を、少年《しょうねん》コウちゃんがやや浮《う》かしぎみにボールを蹴《け》り出《だ》す。パスのコースにディフェンスが二人《ふたり》走《はし》り込《こ》んできたが、その微妙《びみょう》な高《たか》さに頭《あたま》も足《あし》も出《だ》せないで見送《みおく》った。

尚《なお》も怒濤《どとう》のように押《お》し寄《よ》せてくるエンジ色《いろ》の軍団《ぐんだん》が視界《しかい》を脅《おびや》かす。いけるかな。遊《あそ》びではよくやるけど。本当《ほんとう》に微妙《びみょう》な高《たか》さだ。

でも、やるしかねぇ。

左足《ひだりあし》を一歩前《いっぽまえ》に出《だ》し、爪先《つまさき》をゴールに向《む》けグッと踏《ふ》み込《こ》む。身体《からだ》を倒《たお》しながらタイミングを計《はか》り、振《ふ》り上《あ》げた足《あし》を叩《たた》きつけるように振《ふ》り切《き》ると、

バシッ！

足《あし》の甲《こう》が心地《ここち》いいほどにボールの感触《かんしょく》を捉《とら》えた。
「ッたぁぁあ！」
ボレーがきまった！
突《つ》き刺《さ》さるネットはないけど。錆《さ》びた鉄枠《てつわく》の向《む》こうを、ボールが草《くさ》っぱら目《め》がけ勢《いきお》いよく飛《と》び跳《は》ねてゆく。

「ゴォ――――――ル！」

少年《しょうねん》コウちゃんが、テレビのアナウンサーみたいに絶叫《ぜっきょう》しながら真《ま》っ先《さき》に駆《か》け寄《よ》ってきて、

「セージ、お前《まえ》カッコよすぎだぜ！『キング・カズ』みてぇだ！」

なんて、またまた目《め》をキラキラさせて抱《だ》き

ついてきた。

「すげぇよ、あいつ！」

「ナイッシュー！」

振《ふ》り返《かえ》れば、歓喜《かんき》の声《こえ》を上《あ》げながらマリンブルーたちが続々《ぞくぞく》と走《はし》り寄《よ》ってくる。

そしてエンジ軍団《ぐんだん》が肩《かた》を落《お》としてる中《なか》、オレを囲《かこ》むように輪《わ》を作《つく》ると奇妙《きみょう》な足踏《あしぶ》みを始《はじ》めた。

しかも皆揃《みんなそろ》いも揃《そろ》って両手《りょうて》を振《ふ》り回《まわ》しながらドタバタやってる。何《なん》なんだ？

首《くび》を傾《かし》げてたら、コウちゃんが「おい、お前《まえ》もやれ！」って言《い》うから「何《なに》を？」って聞《き》いたら「だから『カズダンス』だよ！」だって。

オレ、よく知《し》らないんだよな、それ。

でも皆《みんな》すごく嬉《うれ》しそうだ。洋平《ようへい》も喜《よろこ》んで踊《おど》ってる。坂《さか》ピーもノリノリで……って、それ『鷹《たか》の舞《まい》』にしか見《み》えないんだけど。

最後《さいご》に皆股間《みんなこかん》の辺《あた》りを片手《かたて》で押《お》さえ、腰《こし》を突《つ》き出《だ》しながらオレを指差《ゆびさ》してポーズを決《き》めたみたいだった。

変《へん》なダンスだよな。変《へん》なやつらだし。

暫《しばら》くして『なん小《しょう》』のやつらがボールを拾《ひろ》って帰《かえ》ってきたから陣地《じんち》に戻《もど》ろうとしたら、皆《みんな》から「どこかのFCに入《はい》ってんの？」とか、「俺《おれ》も入団《にゅうだん》したらうまくなれるかなぁ？」なんて言《い》われたりして。何《なん》だか一気《いっき》に人気者《にんきもの》になったみたいで照《て》れくさかったけど。

やっぱり中学生《ちゅうがくせい》になったら絶対《ぜったい》にサッカー部《ぶ》に入《はい》りたいな……何《なん》となくそう思《おも》った。

2

試合《しあい》は、日《ひ》の傾《かたむ》きを忘《わす》れるほどに白熱《はくねつ》した展開《てんかい》を見《み》せた。途中《とちゅう》、またオレとコウちゃんのコンビネーション攻撃《こうげき》で何度《なんど》かチャンスがあったんだけど、何《いず》れもゴールには至《いた》らなかった。

今《いま》のコーナーキックも、すげぇ惜《お》しかったんだけどな。

悔《くや》しくて思《おも》わず仰《あお》いだ先《さき》。透《す》き通《とお》るような寒空《さむぞら》に点々《てんてん》と浮《う》かぶ茜雲《あかねぐも》の間《あいだ》を、ほんのり色《いろ》づいたカラスたちが次々《つぎつぎ》と横切《よこぎ》ってゆく。

その鳴《な》き声《ごえ》を追《お》って、ふと山際《やまぎわ》を望《のぞ》めば、太陽《たいよう》って普段《ふだん》からあんなに速《はや》く動《うご》いてるのかと驚《おどろ》くくらいスーッと、見《み》る見《み》る向《む》こう側《がわ》に隠《かく》れてゆく。

気《き》がつくと、さっきまで一緒《いっしょ》にボールを追《お》いかけてた長《なが》い影《かげ》が、いつの間《ま》にかいなくなっていた。

この辺《あた》りは山《やま》に囲《かこ》まれてるから、日暮《ひぐ》れが早《はや》いのはいつものことだけど。それにしても冬《ふゆ》って本当《ほんとう》に日《ひ》が短《みじか》いな。


随分《ずいぶん》とボールが見《み》えにくくなってきたなぁと思《おも》ってたら、遠《とお》くの方《ほう》からウゥ――ン…という低《ひく》く唸《うな》るような音《おと》が聞《き》こえてきた。

聞《き》きなれた音《おと》だったし、特《とく》に気《き》にしてなかったんだけど、不意《ふい》に周《まわ》りの足《あし》が止《と》まったのに気《き》づいた。

「あー、引《ひ》き分《わ》けかぁ！」

「今日《きょう》、すっげぇ走《はし》ったよな？」

皆《みんな》それぞれ腰《こし》に手《て》を当《あ》てたりしながら笑《わら》い合《あ》ってる。

確《たし》か、魚《さかな》加工《かこう》工場《こうじょう》の終業《しゅうぎょう》時刻《じこく》十五分前《じゅうごふんまえ》を知《し》らせるサイレンだよな、これ。

どうやら、それが試合終了《しあいしゅうりょう》の合図《あいず》になってるらしい。

そう言《い》えば小《ちい》さい頃《ころ》、「何《なん》で五時《ごじ》のサイレンがあるのに、わざわざその前《まえ》に鳴《な》らすの？」ってお父《とう》さんに聞《き》いたら、「着替《きが》えが大変《たいへん》だからだよ」って。

その時《とき》は意味《いみ》が分《わ》かんなかったんだけど、後《あと》になって、学校《がっこう》の社会科見学《しゃかいかけんがく》で工場内《こうじょうない》を訪《おとず》れてみてよく分《わ》かった。

たった三十分《さんじっぷん》くらいしか見学《けんがく》してないのに、服《ふく》が暫《しばら》く魚《さかな》くさかったもんな。

「じゃーな！」

「またな！」

さっきまで入《い》り交《ま》じっていたジャージが、きれいに色分《いろわ》けされたように、まだ僅《わず》かに黄昏《たそが》れてる土手《どて》を左右《さゆう》に散《ち》ってゆく。

「俺《おれ》たちも帰《かえ》ろうぜ！」

夕闇《ゆうやみ》は、急《いそ》ぎ足《あし》で河川敷《かせんじき》をあとにするオレたちをアッという間《ま》に追《お》い越《こ》し、遠《とお》ざかるエンジを景色《けしき》ごと寒々《さむざむ》と包《つつ》み込《こ》んでしまった。

すっかり青暗《あおぐら》く染《そ》められたモノトーンの中《なか》、白《しろ》い息《いき》を吐《は》きながら同《おな》じトーンを纏《まと》ったやつらと帰《かえ》り道《みち》を急《いそ》ぐ。

結局《けっきょく》は引《ひ》き分《わ》けだったけど、負《ま》け試合《じあい》じゃないから皆《みんな》テンション高《たか》い高《たか》い。やっぱりサッカーって燃《も》えるよな。

「また明日《あした》な！」

「バイバーイ！」

それまで一緒《いっしょ》だった連中《れんちゅう》と歩道橋《ほどうきょう》のところで手《て》を振《ふ》って別《わか》れると、コウちゃんとオレ、そして洋平《ようへい》、坂《さか》ピーの四人《よにん》になった。

コウちゃんがしきりに小声《こごえ》で「ビシッ！　バシッ！　ゴー――ル！」とか言《い》って、シュートから『カズダンス』までの一連《いちれん》の動作《どうさ》を繰《く》り返《かえ》してる後《うし》ろで、まだランドセルを背負《せお》ってる二人《ふたり》が、ガッタガッタと弾《はず》みながら何《なに》か言《い》い合《あ》ってる。

「そんなわけねぇだろ、嘘《うそ》だね、絶対《ぜったい》」

「本当《ほんとう》だって！　昨日《きのう》、うちに集《あつ》まって、父《とう》ちゃんたちが話《はな》してたのをこっそり聞《き》いたんだから」

「じゃあさ、俺《おれ》たちどうなるんだよ。お店《みせ》とか家《いえ》とかさ」

「知《し》らねぇよ、俺《おれ》が聞《き》きたいくらいだ。なぁ、コウちゃんはお父《とう》さんから何《なに》か聞《き》いてない？」

坂《さか》ピーが少《すこ》し大《おお》きな声《こえ》で話《はなし》をふってくる。

「バシッ！　ゴ――ル！　え？　何《なに》を？」

まだやってやがる。って言《い》うか真《ま》っ直《す》ぐ歩《ある》けないのかよ、このオニイチャン。

尚《なお》も空《くう》を蹴《け》りながらビシバシうるさいから、坂《さか》ピーも更《さら》に大声《おおごえ》で言《い》う。

「だから、あと何年《なんねん》かしたら『ウミネコ通《どお》り』がなくなっちゃう、って話《はなし》！」

「はへ？　なくなるって、何《なん》だよそれ。そんなの聞《き》いてないぞ？」

「ほら見《み》ろ、絶対《ぜったい》、坂《さか》ピーの聞《き》き間違《まちが》いだって。なぁ？」

洋平《ようへい》が、「まったく。この、アホ、マヌケ」と脇腹《わきばら》を突《つ》っつくもんだから、そのたびにごつい身体《からだ》をピョコピョコさせて、

「聞《き》き間違《まちが》いなっ、んかっ、じゃねっ、えってばっ、あああ、もう！　やめろっての！」

ついには暴《あば》れだした。

「待《ま》てよ、こいつ！」

こぢんまりと背中《せなか》に載《の》ってる小《ちい》さめのランドセルが、笑《わら》いながら逃《に》げる大《おお》きなランドセ

ルをガッタガッタと追《お》いかける。

あ、ランドセルは同《おな》じ大《おお》きさか。

二人《ふたり》が『ウサギとカメ』みたいな追《お》いかけっこを繰《く》り返《かえ》しながらどんどん小《ちい》さくなってくから、オレたちも暗黙《あんもく》のうち、つられるように少《すこ》しペースを上《あ》げた。


角《かど》を曲《ま》がり、街灯《がいとう》が点《つ》き始《はじ》めた薄暗《うすぐら》い海岸通《かいがんどお》りに出《で》れば、少《すこ》し先《さき》にほんわりと淡《あわ》い光《ひかり》の溜《た》まり場《ば》が見《み》えてくる。

結局二人《けっきょくふたり》の背中《せなか》を捉《とら》えたのは、横道《よこみち》である商店街通《しょうてんがいどお》りから漏《も》れる、その薄明《うすあ》かりの中《なか》だった。

後《あと》を追《お》ってそのままドタバタとアーケードになだれ込《こ》むと、一気《いっき》にひらけた彩色空間《さいしょくくうかん》が、暗《くら》さに慣《な》れた目《め》を一瞬《いっしゅん》だけ眩《くら》ませる。

この感覚《かんかく》。ちょっと目《め》が痛《いた》いけど嫌《きら》いじゃない。寒々《さむざむ》としたモノトーンのトンネルから抜《ぬ》け出《だ》したみたいに、気持《きも》ちまで明《あか》るくなる感《かん》じ。

通《とお》りは、ビニールの買《か》い物袋《ものぶくろ》を提《さ》げた人《ひと》たちの流《なが》れで、さっきよりも更《さら》に賑《にぎ》わっていた。

それにしても信《しん》じられないくらい人通《ひとどお》りが多《おお》い。

これじゃ、まるでスーパーの中《なか》に入《はい》ったみたいだな……と思《おも》ったけど、あんまりいいたとえじゃない気《き》がして、すぐに打《う》ち消《け》した。

ここまで来《く》ると何《なん》となく安心《あんしん》するのは、生《う》まれてからずっと慣《な》れ親《した》しんできたテリトリーだからなんだろうけど。

この活気《かっき》のせいなのか、今日《きょう》は何《なん》だかいつもより優《やさ》しく迎《むか》え入《い》れられたようで、余計《よけい》に心《こころ》も身体《からだ》も温《あたた》かくなっていく気《き》がした。


一息《ひといき》ついて、ふと見《み》ると、すぐそこで坂《さか》ピーが洋平《ようへい》を羽交《はが》い絞《じ》めにしたまま、勝《か》ち誇《ほこ》ったように笑《わら》ってる。

「ヒーッヒッヒー。もう逃《に》げられねぇぞ、コチョコチョの刑《けい》だ！　どうだ、このやろ、このやろ」

「あはは！　坂《さか》ピーやめ、やめ、助《たす》けて、死《し》ぬ〜！」

周《まわ》りの通行客《つうこうきゃく》もお構《かま》いなしに、『サビサビガラス』の前《まえ》でギャーギャー言《い》ってじゃれ合《あ》ってる。無邪気《むじゃき》なやつらだなぁ、まったく。

「おい、洋平《ようへい》！　大丈夫《だいじょうぶ》か！」

そこへ少年《しょうねん》コウちゃんが素早《すばや》く駆《か》け寄《よ》っていき、意外《いがい》にも「坂《さか》ピー、だめだよ。ストップ！」と、やけに真顔《まがお》で止《と》めに入《はい》った。

と思《おも》ったら、

「俺《おれ》がやるんだから！　押《お》さえてて？」

そう来《く》るか。

急《きゅう》にニヤッといたずらっぽい顔《かお》になったのがおかしくて、思《おも》わず吹《ふ》き出《だ》しちゃったよ。

「にひひひ、この前《まえ》のお返《かえ》しだぞー！　覚悟《かくご》しろ洋平《ようへい》！」

「きゃはは、もうやめ、やめてくれ！　きゃははは！」

おいおい、どうにかしてくれよ、こいつら。

もう、他人《たにん》のふりをしたくなるほどの騒《さわ》ぎっぷりだ。

しかしこの少年《しょうねん》コウちゃんが、後《のち》にあの恐《おそ》ろしい『鬼《おに》いちゃん』になるなんて、やっぱり信《しん》じられないよな。

どうにも居心地《いごこち》悪《わる》くて視線《しせん》を泳《およ》がせてたら、

「相変《あいか》わらず皆《みんな》、元気《げんき》がいいな」

不意《ふい》に後《うし》ろから声《こえ》を掛《か》けられた。

「ほっほう、君《きみ》もなかなかやるね」

振《ふ》り返《かえ》ると、お爺《じい》ちゃんがジャンパー姿《すがた》で立《た》っていて、またオレを眺《なが》めるように目《め》を細《ほそ》めながら、

「泥《どろ》んこは男《おとこ》の勲章《くんしょう》だ。こうでなくちゃいかん」

そう言《い》ってニコニコ顔《がお》で何度《なんど》も頷《うなず》いてる。

さっきまで暗《くら》かったから、あんまり気《き》にならなかったんだけど、

「ゲッ……ど、どうしよう、これ」

見《み》れば上《うえ》も下《した》も色《いろ》が変《か》わったみたいに汚《よご》れていて、我《われ》ながら唖然《あぜん》としちゃった。

って言《い》うか、オレが一番汚《いちばんきたな》いってどういうことだ⁉

「あれ？」

コウちゃんも気《き》がついて、「ジージ、どっか行《い》くの？」って顔《かお》はこちらに向《む》けつつ、それでもまだくすぐり攻撃《こうげき》してるよ。

「ああ、森田《もりた》さんのところにな。晩《ばん》ご飯《はん》には帰《かえ》ってくるよ」

「ねぇ。ちゃんと、お母《かあ》さんに怒《おこ》んないように言《い》ってくれた？」

「はて、どうだったかな」

腕組《うでぐ》みまでして首《くび》を傾《かし》げられたもんだから、急《きゅう》に手《て》を止《と》めて不安《ふあん》そうな顔《かお》してる。

「もう、ジージってば惚《とぼ》けないでよぅ！」

「はっはっは、大丈夫《だいじょうぶ》だと思《おも》うがね」

お爺《じい》ちゃんは笑《わら》いながら、メガネの奥《おく》の片目《かため》をパチッとつぶってみせた。

「それはそうと、皆《みんな》そろそろ帰《かえ》らんといかんぞ？　ほれ」

顎《あご》でヒョイと促《うなが》された先《さき》を見《み》れば、アーケードのカラクリ時計《どけい》が、もうすぐ五時《ごじ》を指《さ》そうとしてる。

すると、

パーッ！　パラパーッ！　パラパッパッパッパッパッパッ……


突然《とつぜん》、思《おも》いもよらず陽気《ようき》なラッパの音《おと》が辺《あた》り一面《いちめん》に鳴《な》り響《ひび》いた。

賑《にぎ》わいを包《つつ》み込《こ》むようにこだまする、大音量《だいおんりょう》のファンファーレ。

その、音符《おんぷ》が弾《はじ》け躍《おど》るような強《つよ》い調《しら》べに、行《い》く人《ひと》は皆《みな》、顔《かお》を上《あ》げ、来《く》る人《ひと》は皆《みな》、振《ふ》り返《かえ》る。その場《ば》で立《た》ち止《ど》まる人《ひと》もいる。

「おかあしゃーん、はじまるよー！」

すぐそこのパン屋《や》さんからは小《ちい》さい女《おんな》の子《こ》が飛《と》び出《だ》してきて、中《なか》に向《む》かって「はやく、はやくぅー！」と、飛《と》び跳《は》ねながら大声《おおごえ》で叫《さけ》んでる。

やがてラッパの音《おと》が鳴《な》り止《や》むと、一瞬《いっしゅん》の静寂《せいじゃく》の後《あと》で、ギィィ……という機械音《きかいおん》と共《とも》に下《した》の扉《とびら》がゆっくりと開《ひら》きだした。

「ほら！　ほら！　みてみておかあしゃん！」

何《なん》だかワクワクする。

オレの中《なか》ではずっと、アーケードを形成《けいせい》する物質《ぶっしつ》の一部分《いちぶぶん》でしかなかった、それ。

物心《ものごころ》ついた頃《ころ》から、ただ静《しず》かに淡々《たんたん》と時《とき》を刻《きざ》む姿《すがた》しか見《み》せたことがなかった、文字通《もじどお》り『お飾《かざ》り』のカラクリ時計《どけい》。

これから何《なに》が始《はじ》まるんだろう。

あの開《あ》かずの扉《とびら》からは、一体《いったい》どんなものが出《で》てくるんだろう……

「やべぇ。洋平《ようへい》、坂《さか》ピー、また明日《あした》な！　行《い》くぞ、セージ！」

「あ、ちょっ、ちょっと待《ま》ってくれよ！」

見慣《みな》れた存在《そんざい》が初《はじ》めて見《み》せる、劇的《げきてき》な変化《へんか》。

今《いま》まさに目《め》の前《まえ》にその瞬間《しゅんかん》が訪《おとず》れ、未知《みち》の世界《せかい》が繰《く》り広《ひろ》げられようとしてるってのに。

「走《はし》るんだ、セージ！」

「おあっ、くそ、このッ」

踏《ふ》みとどまろうと足掻《あが》いてる身体《からだ》を、強引《ごういん》な手《て》がグイグイと後《あと》ずさりさせやがる。拾《ひろ》い食《ぐ》いを制止《せいし》される犬《いぬ》か、オレは。

だから、そうやって袖《そで》だけ引《ひ》っ張《ぱ》るなっつーの！　噛《か》み付《つ》いちゃうぞ！

「ほら！　ダッシュだ、ダッシュ！」

「待《ま》ってってばぁ！　ああ、もう！」

すっ転《ころ》びそうになったから身体《からだ》を翻《ひるがえ》し前《まえ》を向《む》くと、伸《の》び伸《の》びの袖《そで》がねじれて、ますます自由《じゆう》が利《き》かなくなっちまった。

「おい、放《はな》せよ！」

「いいから早《はや》く！　怒《おこ》られちゃうから！」

すれ違《ちが》う人《ひと》の視線《しせん》は皆上向《みなうわむ》きで、心《こころ》なしか微笑《ほほえ》んでるように見《み》えるし。

背後《はいご》からは、まるで巨大《きょだい》なハープを爪弾《つまび》いたような、オルゴール調《ちょう》の澄《す》んだ音色《ねいろ》が追《お》いかけてくるし。

気《き》になって気《き》になって、振《ふ》り向《む》きたいのにそんな余裕《よゆう》もなくて。

きれいなメロディーに後《うし》ろ髪《がみ》を引《ひ》かれ、コウちゃんには袖《そで》を引《ひ》っ張《ぱ》られ、何《なん》だか気持《きも》ちと身体《からだ》が分裂《ぶんれつ》しそう。


——くそっ、見《み》たかったのにぃ！


またしても『ジコチュー野郎《やろう》』のペースに振《ふ》り回《まわ》されてる気《き》がして、急《きゅう》に自分《じぶん》にも腹《はら》が立《た》ってきた。

オレは、引《ひ》っ張《ぱ》られないように追《お》い越《こ》すくらいの勢《いきお》いでダッシュをかけると、何度《なんど》も人《ひと》にぶつかりそうになりながら、いつもより遠《とお》く感《かん》じる【時心堂《じしんどう》】の看板《かんばん》を目指《めざ》してヤケクソで走《はし》ってやった。

3

「お湯加減《ゆかげん》どうかしら？」

「え、あ……」

ドア越《ご》しの優《やさ》しい声《こえ》に、一旦《いったん》シャワーを止《と》める。

「ちょっと熱《あつ》いと思《おも》うから、薄《うす》めて入《はい》ってね？」

「あ、はい！」

表面《ひょうめん》がデコボコした半透明《はんとうめい》のドア。その向《む》こうに映《うつ》る淡《あわ》いピンク色《いろ》の影《かげ》が、洗濯機《せんたくき》の辺《あた》りでモヤモヤ動《うご》いてる。

「バスタオルと着替《きが》え、ここに置《お》いておくから、どうぞ使《つか》ってね？」

「あ、はい！　どうも……」

カチャン

ピンク色《いろ》のモヤモヤが脱衣所《だついじょ》から出《で》て行《い》くのを見届《みとど》け、再《ふたた》び蛇口《じゃぐち》をひねる。

シュアアー……

横向《よこむ》きのノズルから勢《いきお》いよく飛《と》び出《だ》した水流《すいりゅう》が、タイル壁《かべ》の正方形《せいほうけい》に当《あ》たって飛沫《しぶき》を上《あ》げる。

と同時《どうじ》にその向《む》こう側《がわ》で、ボン…とボイラーのスイッチが入《はい》る。

最初《さいしょ》に出《で》てくるのは普通《ふつう》にお湯《ゆ》なんだけど。少《すこ》しすると一旦《いったん》冷《つめ》たいのが出《で》てくるから、ちょっとの間《あいだ》、出《だ》しっ放《ぱな》しにして待《ま》つ。

慣《な》れたもんだ。

だって、オレんちの風呂《ふろ》だもんな。

違《ちが》うところと言《い》えば、床《ゆか》とか壁《かべ》のタイルが新《あたら》しい感《かん》じにピカピカしていて、やたらときれいなこと。

それから、鏡《かがみ》の横《よこ》に置《お》いてあるコーナーラック。オレが馴染《なじ》みあるのは骨組《ほねぐ》みみたいなステンレスのやつだけど、そこにあるのは、椅子《いす》とお揃《そろ》いの花柄《はながら》がプリントされてるプラスチック製《せい》のラックだ。

立《た》てかけられたシャンプーとかリンスは何種類《なんしゅるい》かあって、どれを使《つか》おうかって感《かん》じ。

シャワーの温《あたた》かさが一定《いってい》になったから頭《あたま》に当《あ》てると、足元《あしもと》のタイルを、薄茶色《うすちゃいろ》に濁《にご》ったお湯《ゆ》が流《なが》れてゆく。

髪《かみ》の毛《け》まで泥《どろ》だらけだったみたい。何度《なんど》もヘディングしたからな。


それにしても今日《きょう》は、よくもここまで！　と自分《じぶん》でも思《おも》うくらいに服《ふく》を汚《よご》した。記念《きねん》すべき『泥《どろ》んこデー』だ。

いくら何《なん》でも酷《ひど》すぎるから、怒《おこ》られるんじゃないかって正直《しょうじき》ドキドキしてたんだけど。

玄関《げんかん》に立《た》ったオレたちを見《み》て、お母《かあ》さんはため息《いき》をつきながらも、「男《おとこ》の子《こ》ねー！」と言《い》って笑《わら》ってくれた。

そんな優《やさ》しい笑顔《えがお》の第一声《だいいっせい》に胸《むね》を撫《な》でおろす間《ま》もなく、そのまま玄関《げんかん》でパンツ一丁《いっちょう》にさせられたのは言《い》うまでもない。

二人《ふたり》して縮《ちぢ》み上《あ》がっていると、すぐにお風呂《ふろ》に入《はい》るように言《い》われた。

コウちゃんが真《ま》っ先《さき》に駆《か》け出《だ》そうとすると、「あんたは宿題《しゅくだい》やってから！」と、オレを先《さき》に行《い》かせてくれたのは単純《たんじゅん》に嬉《うれ》しかったんだけど。

よく考《かんが》えてみればオレは今《いま》、『お爺《じい》ちゃんの古《ふる》い友人《ゆうじん》の孫《まご》』ってことになってるみたいだから、大事《だいじ》なお客《きゃく》さん扱《あつか》いなのかな……そう思《おも》ったらちょっぴり寂《さび》しくなった。


髪《かみ》を洗《あら》い終《お》え、シャワーを止《と》める。

リンスは今日《きょう》はいいや。面倒《めんどう》だし、早《はや》く温《あたた》まりたい。

湯船《ゆぶね》にゆっくり足《あし》を入《い》れていくと、爪先《つまさき》からジンジンと痛《いた》みに似《に》た感覚《かんかく》が広《ひろ》がってきた。

耐《た》え切《き》れず途中《とちゅう》で一旦《いったん》引《ひ》き上《あ》げると、膝《ひざ》から下《した》が海《うみ》で日焼《ひや》けしたみたいにくっきり赤《あか》くなってる。

結構熱《けっこうあつ》い。身体《からだ》が冷《ひ》え切《き》ってるから尚更《なおさら》だ。

だけど、どうしても薄《うす》める気《き》にはなれなくて。

だって、あとで入《はい》る人《ひと》が温《ぬる》くなるだろうし、こんなの最初《さいしょ》だけで、慣《な》れれば大丈夫《だいじょうぶ》なことも知《し》ってるから……なんて。

本当《ほんとう》は、お母《かあ》さんが入《い》れてくれたお風呂《ふろ》に水《みず》を入《い》れるのが、何《なん》だかもったいないような気《き》がしたんだ。何《なん》となく。

騙《だま》し騙《だま》し少《すこ》しずつ身体《からだ》を沈《しず》めていくと、全身《ぜんしん》がピリピリとチクチクに覆《おお》われる。分速五《ふんそくご》センチくらいのスーパースローモーションで「うぉあッ、くぅわッ」と意味不明《いみふめい》な小声《こごえ》を発《はっ》しながら強引《ごういん》に肌《はだ》を馴染《なじ》ませ、やっとの思《おも》いで肩《かた》まで浸《つ》かった。

「ふぅ……」

この試練《しれん》を耐《た》え忍《しの》んだ者《もの》だけが味《あじ》わえる、気持《きも》ちのいい脱力感《だつりょくかん》。

温泉《おんせん》に入《はい》ったお爺《じい》さんたちが皆《みんな》、あんな力《ちから》の抜《ぬ》けたような声《こえ》を出《だ》すのが理解《りかい》できる瞬間《しゅんかん》だ。

あと、この、頭《あたま》がボーっとなる感覚《かんかく》。決《けっ》して何《なに》も考《かんが》えられなくなるわけじゃなくて。無意識《むいしき》の中《なか》にポッと小《ちい》さく灯《とも》った火種《ひだね》が弱々《よわよわ》しく燻《くすぶ》り始《はじ》めて、その様子《ようす》をただ眺《なが》めてるような感《かん》じ。

瞑想《めいそう》ってのはたぶん、こういう脳《のう》の半休止状態《はんきゅうしじょうたい》を意識的《いしきてき》に作《つく》り出《だ》すことなんじゃないかな。眠《ねむ》りに落《お》ちるか落《お》ちないかの微睡《まどろ》みを集中力《しゅうちゅうりょく》で持続《じぞく》させるような……って、そんなことどうでもいいんだ。

「はぁ〜あ……」

今更《いまさら》ながら、無意識《むいしき》の中《なか》にポッと小《ちい》さく灯《とも》った、それ。

何《なん》だか流《なが》されるままお風呂《ふろ》にまで入《はい》っちゃってるけど、これって一体《いったい》どうなってるんだろう……という、いたってシンプルな疑問系《ぎもんけい》の、火種《ひだね》。

もしも理科《りか》の教科書風《きょうかしょふう》にタイトルをつけるのなら、『夢《ゆめ》の世界《せかい》と時間《じかん》の不思議《ふしぎ》』とでもなるのか。んー、いやだな。難《むずか》しそう。

「とにかく、わけ分《わ》かんないんだよなぁ」

気《き》がついたら机《つくえ》の下《した》にいて——まずはそこからおかしいじゃんか。

確《たし》かにずっと机《つくえ》の下《した》にいたけど、窮屈《きゅうくつ》になって一旦《いったん》そこから出《で》たような気《き》がするんだ。

しかも、その時点《じてん》では夜《よる》だったのに、次《つぎ》に出《で》た時《とき》は急《きゅう》に昼過《ひるす》ぎになってた。

そしてそこには、もういないはずのお爺《じい》ちゃんが座《すわ》ってて、お母《かあ》さんもいて。極《きわ》めつきは、少年時代《しょうねんじだい》のお兄《にい》ちゃんまでもが登場《とうじょう》して。


夢《ゆめ》だと思《おも》った。

何《なに》から何《なに》まで実感《じっかん》がある、相当《そうとう》リアルな夢《ゆめ》だと。

前《まえ》にテレビで、どこかの大学教授《だいがくきょうじゅ》の人《ひと》が言《い》ってた。夢《ゆめ》の中《なか》で、「これは夢《ゆめ》だ」と認識《にんしき》した上《うえ》で意識的《いしきてき》に行動《こうどう》したりできる場合《ばあい》がある、と。

きっとそれに違《ちが》いないと思《おも》った。って言《い》うか、そう思《おも》い込《こ》むしかなかった。だって夢《ゆめ》でもなけりゃ、こんなのありえないじゃんか。

だけど。

やっぱりただの夢《ゆめ》では済《す》まないいんじゃないか、という気《き》がしてきたのは、河川敷《かせんじき》から帰《かえ》って来《き》た時《とき》だった。

たまたま目《め》についた、レジ横《よこ》にある日捲《ひめく》りカレンダーの日付《ひづけ》が、十二月二十日《じゅうにがつはつか》となっていて。しかもその上《うえ》には、二〇〇七年《にせんななねん》と書《か》かれていたのだ。

それはちょうど、オレが生《う》まれた日《ひ》の五日前《いつかまえ》に当《あ》たる日《ひ》。

そう。オレがまだ、ぎりぎりこの世《よ》に誕生《たんじょう》していない、十二年前《じゅうにねんまえ》の世界《せかい》。

「もしかして、オレ……」

何《なん》だか夢《ゆめ》にしては、全《すべ》てがやけに具体的《ぐたいてき》すぎるような気《き》がした。

商店街《しょうてんがい》の様子《ようす》も、お兄《にい》ちゃんとの年《とし》の差《さ》も、お母《かあ》さんのお腹《なか》が大《おお》きいことも、お父《とう》さんの髪《かみ》の色《いろ》だって。

考《かんが》えてみれば、全《すべ》てがあまりにもリアルすぎやしないか。

「まさかな。そんなこと、あるわけないよな」

普段《ふだん》から、タイムスリップものとか日常《にちじょう》の中《なか》で起《お》こる不思議《ふしぎ》な出来事《できごと》、みたいな物語《ものがたり》が大好《だいす》きで、その手《て》の本《ほん》やマンガはよく読《よ》むけど。

当然《とうぜん》あれは空想《くうそう》の世界《せかい》だし、いくら主人公《しゅじんこう》になりきってみたところで、そんなの現実《げんじつ》にはありえないってことくらい分《わ》かってる。

「でもやっぱり、ひょっとしてひょっとするよな」

小六《しょうろく》なりに、その辺《へん》の常識《じょうしき》とか一応《いちおう》分《わ》かった上《うえ》で、それでも尚《なお》脳裏《のうり》に浮上《ふじょう》するSF的発想《てきはっそう》。

きっとオレも、タイムスリップしちゃったに違《ちが》いない。何《なに》かの拍子《ひょうし》に過去《かこ》の世界《せかい》に迷《まよ》い込《こ》んじゃったに違《ちが》いない……そう思《おも》わずにはいられない、この状況《じょうきょう》。

とは言《い》っても、そこには何《なん》の根拠《こんきょ》もなければ裏《うら》づけもないわけで。

何《なん》でこんなことになったのか、そのキッカケすら思《おも》い出《だ》せない。

お爺《じい》ちゃんに至《いた》っては、いつの間《ま》にオレを『古《ふる》い友人《ゆうじん》の孫《まご》』として認知《にんち》したのかも不思議《ふしぎ》だ。

そもそも、記憶《きおく》の源流《げんりゅう》まで辿《たど》り着《つ》けば全《すべ》て解決《かいけつ》するような単純《たんじゅん》なものではなさそうで。

かと言《い》って、深《ふか》く考《かんが》え込《こ》んでも解明《かいめい》できそうになく。

「ああ、もう！　わけ分《わ》かんない」

本《ほん》やマンガだと、こうして考《かんが》え込《こ》んでるところに、タイミングよく誰《だれ》かが現《あらわ》れてくれたりするもんなんだけど。

あんなふうに誰《だれ》かオレにも、この状況《じょうきょう》を納得《なっとく》いくように説明《せつめい》してくれればいいのになぁ……

皮肉《ひにく》にも、そううまくはいかないところが唯一《ゆいいつ》、いかにも現実的《げんじつてき》な感《かん》じがした。


いい加減《かげん》、頭《あたま》がオーバーヒートしそうになって、のぼせる一歩手前《いっぽてまえ》で風呂《ふろ》から上《あ》がった。

結局何《けっきょくなに》も解決《かいけつ》しないままボーっと身体《からだ》を拭《ふ》いてたら、思《おも》いがけずうっとりとしちゃいそうな感覚《かんかく》を覚《おぼ》えた。

ふわふわのバスタオルから香《かお》る、甘《あま》くていい匂《にお》い。アニメならきっと、花模様《はなもよう》が脱衣所《だついじょ》全体《ぜんたい》に広《ひろ》がってく感《かん》じ。

顔《かお》に当《あ》ててすうーっと目《め》を閉《と》じてみれば、湯上《ゆあ》がりの火照《ほて》った身体《からだ》ごと、やんわりと包《つつ》み込《こ》んでくれるかのよう。

お母《かあ》さんの匂《にお》いって、こんな感《かん》じなのかな。いいなぁ、ずっとこうしていたいくらい。

そこに、これは本当《ほんとう》は洗剤《せんざい》とか柔軟剤《じゅうなんざい》の香料《こうりょう》だとかいう、そういう野暮《やぼ》な科学的分析《かがくてきぶんせき》なんか入《はい》る余地《よち》もない。

これは絶対《ぜったい》にお母《かあ》さんの匂《にお》いだよ。お母《かあ》さんが用意《ようい》してくれたバスタオルだから、絶対《ぜったい》にそうだもん。

夢《ゆめ》だろうがタイムスリップだろうが、そんなのどうでもよくなっちゃうほどに安《やす》らかな気分《きぶん》。

この時点《じてん》で既《すで》にオサガリとして着《き》るハメになったこのパジャマだって、お母《かあ》さんが用意《ようい》してくれたんだから一《ひと》つも文句《もんく》はない。


きれいに折《お》りたたまれたそれを広《ひろ》げ、袖《そで》を通《とお》す。

少《すこ》し起毛《きもう》した生地《きじ》のやわらかさが、動《うご》くたびに腕《うで》や脚《あし》を心地《ここち》よく撫《な》でていくのが妙《みょう》に嬉《うれ》しくて。

オレが言《い》うのも変《へん》だけど、何《なん》だかこれで一気《いっき》にこの家族《かぞく》の一員《いちいん》として受《う》け入《い》れられたような、そんな気《き》がして。

ふと横《よこ》を見《み》ると、洗面台《せんめんだい》の鏡《かがみ》に映《うつ》ったパジャマ姿《すがた》の自分《じぶん》が、こっちを向《む》いて幸《しあわ》せそうな顔《かお》で微笑《ほほえ》んでいた。

「はっはっは、それは熱《あつ》かっただろう」

「笑《わら》いごとじゃないよ。俺《おれ》、ヤケドするかと思《おも》ったんだから！　あ、お母《かあ》さん醤油《しょうゆ》」

「醤油《しょうゆ》がなあに？　ちゃんと『取《と》ってちょうだい』でしょ？」

「はいはい、取《と》ってチョーダイ？」

「こぉら、『はい』は一回《いっかい》！」


食卓《しょくたく》を飛《と》び交《か》う賑《にぎ》やかな会話《かいわ》が、茶碗《ちゃわん》から立《た》ち上《のぼ》る湯気《ゆげ》と混《ま》ざり合《あ》って、部屋《へや》の空気《くうき》をよりホカホカさせる。

それにしても、なんていい匂《にお》いなんだろう。

たとえるなら、脱衣所《だついじょ》は観賞用《かんしょうよう》の安息系《あんそくけい》アロマだったけど、今《いま》の茶《ちゃ》の間《ま》の匂《にお》いは間違《まちが》いなく食用《しょくよう》で促進系《そくしんけい》だ。

部屋中《へやじゅう》に漂《ただよ》う見《み》えない旨《うま》み成分《せいぶん》が、鼻《はな》から胸《むね》を通《とお》っては脳《のう》を刺激《しげき》して、食欲《しょくよく》をどんどん加速《かそく》させるかのよう。

テーブルの上《うえ》にはたくさんのお皿《さら》が所狭《ところせま》しと並《なら》び、色《いろ》んなおかずが盛《も》り付《つ》けてあって。

一度《いちど》の食事《しょくじ》で、こんなに何種類《なんしゅるい》もの食《た》べ物《もの》を前《まえ》にすることなんてめったにないから圧倒《あっとう》されそうだ。

だって、ケーキとシャンパンこそないものの、まるで何《なに》かのお祝《いわ》いの席《せき》みたいに豪華《ごうか》なんだもん。


「でも、聖時《せいじ》くんは薄《うす》めないでよく入《はい》れたわねぇ」

「え、ああ、まぁ……」

いつもの茶《ちゃ》の間《ま》のいつもの掘《ほ》りごたつ。その、いつもはお父《とう》さんが座《すわ》る台所《だいどころ》側《がわ》の席《せき》に、今日《きょう》はエプロン姿《すがた》のお母《かあ》さんが座《すわ》ってる。

さっきから何《なに》かと話《はな》しかけてくれて嬉《うれ》しいんだけど、反面《はんめん》、真向《まむ》かいにいるから何《なん》だか照《て》れくさくって。

もっと顔《かお》を見《み》ていたいのに、目《め》が合《あ》っちゃ

うから、まともに前《まえ》を向《む》けない上《うえ》に落《お》ち着《つ》かない。

「お爺《じい》ちゃんが急用《きゅうよう》でお出《で》かけしたから、あなたが一番風呂《いちばんぶろ》だったのよ。最初《さいしょ》から薄《うす》めてあげればよかったわね、ごめんね？」

「いえ、そんな。オレ、あ、僕《ぼく》は全然平気《ぜんぜんへいき》だった、です……」

嘘《うそ》だけど。

でもヤケドなんかするかよ。大袈裟《おおげさ》なんだよ、少年《しょうねん》コウちゃんは。

それに、お母《かあ》さんは全然悪《ぜんぜんわる》くないもん。

「ちょっとのぼせたんじゃない？　まだ少《すこ》し顔《かお》が赤《あか》いみたい」

「いや、そんなことないです。本当《ほんとう》に大丈夫《だいじょうぶ》です……」


会話《かいわ》のたびについつい落《お》とす視線《しせん》の先《さき》には、ちょうどよくというか悪《わる》くというか、大皿《おおざら》にドーンと積《つ》み上《あ》げられたコロッケがあって。

こうしてると、さっきから食《く》い物《もの》にばっかり目《め》がいってるみたいで、感《かん》じ悪《わる》い子《こ》だと思《おも》われそうでいやなんだ、本当《ほんとう》は。

いや、時々《ときどき》買《か》いに行《い》かされる小判型《こばんがた》のお惣菜《そうざい》コロッケとは違《ちが》う、この程《ほど》よい大《おお》きさの俵《たわら》型《がた》に心《こころ》を奪《うば》われてるのは事実《じじつ》なんだけど。

だめだなぁ、どうしても俯《うつむ》いちゃう。って言《い》うか、赤《あか》くなっちゃってるのかオレ。参《まい》ったなぁ……

そんな、借《か》りてきた猫《ねこ》みたいになってるオレの隣《となり》では、そのこんがりキツネ色《いろ》の俵《たわら》に容《よう》赦《しゃ》なく箸《はし》を突《つ》き刺《さ》したコウちゃんが、

「ジージ用《よう》のお風呂《ふろ》に入《はい》れるなんて、お前《まえ》すごいよ。俺《おれ》には絶対無理《ぜったいむり》」

言《い》いながら手元《てもと》の取《と》り皿《ざら》に載《の》せるなり醤油《しょうゆ》をぶっかけ、かぶりついちゃって。

お母《かあ》さんの手作《てづく》りなんだから、もっと味《あじ》わって食《く》えよな。

なんて言《い》っといて、オレもかぶりつく。だって美味《うま》いんだもん。この豚汁《とんじる》も最高《さいこう》だ。

一口《ひとくち》ごとにガーッとご飯《はん》を掻《か》き込《こ》みたくなるけど、あえて抑《おさ》える。せっかくコロッケがたくさんあるのに、ご飯《はん》だけで腹《はら》いっぱいになったら損《そん》だ。

「風呂《ふろ》は熱《あつ》いのが一番《いちばん》。だが、お酒《さけ》は温《ぬる》めの〜燗《かん》がいい〜ってな」

上座《かみざ》に座《すわ》ってるお爺《じい》ちゃんが、徳利《とっくり》の窪《くぼ》んだところをヒョイとつまんでニコニコしてる。

「お、今夜《こんや》はコロッケかい？」

そこへ、店仕舞《みせじま》いを済《す》ませ、セーターに着替《きが》えたお父《とう》さんが入《はい》ってきた。

「美味《うま》そうだな、どれどれ」

寒《さむ》そうに手《て》をさすりながらこたつに入《はい》ると、お母《かあ》さんはビンの栓《せん》を抜《ぬ》き、

「お先《さき》してました。はい、お疲《つか》れ様《さま》」

と、手渡《てわた》したコップにビールを注《そそ》いだ。

「ほい、お疲《つか》れさん」

お爺《じい》ちゃんが、口元《くちもと》より少《すこ》し上《うえ》の高《たか》さにオチョコを軽《かる》く持《も》ち上《あ》げると、お父《とう》さんも同《おな》じようにコップを上《あ》げ、二人《ふたり》ともそれぞれを美味《うま》そうに飲《の》み始《はじ》める。

何《なん》だかいいなぁ、こういうの。

隣《となり》でお兄《にい》ちゃんが、「うめぇ、うめぇ」言《い》いながらリスみたいにほっぺたを膨《ふく》らましてて。

お爺《じい》ちゃんは小皿《こざら》の醤油《しょうゆ》に刺身《さしみ》をベッタリ浸《ひた》し、箸《はし》で細《こま》かくちぎって食《た》べては、チビチビやってニコニコしてるし。

お父《とう》さんも、いつもより機嫌《きげん》よさそうな顔《かお》に見《み》える。

そして、そんな皆《みんな》の様子《ようす》を見守《みまも》りながら食《た》べてる、お母《かあ》さんの静《しず》かな笑顔《えがお》。

家族全員《かぞくぜんいん》が揃《そろ》う晩《ばん》ご飯《はん》って、こんなにも気持《きも》ちが温《あたた》かくなるもんなんだな。

お母《かあ》さんがいるだけで、こんなに華《はな》やかな食卓《しょくたく》になるんだな……

「あら、聖時《せいじ》くんもお醤油《しょうゆ》でいいの？　ソースやケチャップもあるのよ？」

「いえ、醤油《しょうゆ》でいいです。いつもそうだから」

「じゃあ、もしかして目玉焼《めだまや》きもかな？」

オレが頷《うなず》くと、横《よこ》からコウちゃんが口《くち》をモグモグさせながら「当然《とうぜん》だよな？」って、何《なん》だか嬉《うれ》しそうにしてる。

「うちも昔《むかし》から男三人《おとこさんにん》、皆《みんな》そうなの。特《とく》にこの子《こ》は、本当《ほんとう》に何《なん》でも醤油《しょうゆ》なのよー？　一緒《いっしょ》ね」

「は、はぁ……」

一応《いちおう》オレも『うちの男《おとこ》』だからな。

どうリアクションしようかって、結局《けっきょく》また俯《うつむ》いたんだけど。

「俺《おれ》たち、結構気《けっこうき》が合《あ》うんだよな。今日《きょう》の試合《しあい》なんかさ、初《はじ》めてなのに息《いき》がピッタリで名《めい》コンビだったんだ！　それにこいつ、いきなりすげぇ豪快《ごうかい》なシュート決《き》めたんだよ！」

「あら、そう。聖時《せいじ》くんは上手《じょうず》なのねぇ。でも、サッカーが好《す》きな子《こ》でよかったわ。だってあんた、いきなり連《つ》れ出《だ》すんだもの。お母《かあ》さん、どうしようかと思《おも》っちゃった」

「見《み》た瞬間《しゅんかん》ピンときたんだ、あんなにうまいとは思《おも》わなかったけど。何《なん》かさぁ、とにかく馬《うま》が合《あ》いそうって言《い》うか、そんな気《き》がしたんだよね」

楽《たの》しそうに話《はな》すコウちゃんの横《よこ》で、お父《とう》さんもコップにビールを注《つ》ぎながらニコニコしてる。

「んーなるほど。こうして見《み》てると、確《たし》かにお前《まえ》たちどこか似《に》てるような気《き》がするよ。なぁ、お母《かあ》さん」

「本当《ほんとう》ね。よく見《み》ると似《に》てるかもしれないわね。不思議《ふしぎ》ねぇ」

更《さら》にはオレたちの顔《かお》を交互《こうご》に見比《みくら》べて、

「そうやって並《なら》んでると、あんたたち兄弟《きょうだい》みたいよ？　ねぇ？」

「ああ、本当《ほんとう》だ」

なんて言《い》われちゃった。

そりゃ紛《まぎ》れもなく本当《ほんとう》の兄弟《きょうだい》なんだけど。本来《ほんらい》なら、これから生《う》まれてくるっぽいんだよな、オレ。

何《なん》だかこんな姿《すがた》で素知《そし》らぬ顔《かお》をして座《すわ》ってると、皆《みんな》を騙《だま》して家族《かぞく》の輪《わ》に入《はい》り込《こ》んだ『成《な》りすましの宇宙人《うちゅうじん》』にでもなったみたいだ。

いまいちばつが悪《わる》くなってチラッと横《よこ》を見《み》ると、なぜかコウちゃんも変《へん》な顔《かお》して聞《き》こえないふりを決《き》め込《こ》んでる。

「どうだ、浩一《こういち》。家族《かぞく》が一人《ひとり》増《ふ》えるってのはいいもんだろう、んー？」

「もうすぐお兄《にい》ちゃんだもんねー？」

二人《ふたり》して、からかうように言《い》うもんだから、だんだん顰《しか》めっ面《つら》になってきて、

「だからさぁ、赤《あか》ちゃんとか小《ちい》さい子《こ》とか苦手《にがて》なんだってばぁ！　セージくらいの弟《おとうと》ならいいのになぁ」

なんてぼやきながら、ため息《いき》ついてる。

すると、それまで黙《だま》っていたお爺《じい》ちゃんが急《きゅう》に笑《わら》いだした。

「はっはっは、面白《おもしろ》いことを言《い》う。確《たし》かにそれなら楽《たの》しかろうな」

助《たす》け舟《ぶね》を出《だ》したのかと思《おも》いきや、次《つぎ》の瞬間《しゅんかん》には口元《くちもと》に手《て》を添《そ》え小声《こごえ》で、

「どっちがお兄《にい》ちゃんだか、分《わ》からんようになりそうだがね？」

と、片目《かため》をつむりながら、お母《かあ》さんたちにそう言《い》った。

「もう、ジージはどっちの味方《みかた》なんだよぅ！」

「おや、聞《き》こえておったかい。すまんすまん」

お爺《じい》ちゃんって、茶目《ちゃめ》っ気《け》があって面白《おもしろ》い人《ひと》だ。

そのわざとらしい惚《とぼ》け顔《がお》がおかしくて、今度《こんど》は皆《みんな》で大爆笑《だいばくしょう》になった。

お兄《にい》ちゃんは毎日《まいにち》こうやって皆《みんな》から注目《ちゅうもく》されて、常《つね》に話題《わだい》の中心《ちゅうしん》にいたんだろうな。

生《う》まれてくる弟《おとうと》に、この家《いえ》の最年少《さいねんしょう》の座《ざ》を明《あ》け渡《わた》すのが心許《こころもと》ない気持《きも》ちは、何《なん》となく分《わ》かる気《き》がする。

もしかして最初《さいしょ》から、こんなふうにオレのことをあんまりよく思《おも》ってなくて、だからいつも辛《つら》くあたってたのかな。そうかもしれないな。

「聖時《せいじ》くんもほら、遠慮《えんりょ》しないでたくさん食《た》べてね？」

「あ、はい……」

でも、お兄《にい》ちゃん。そんな必要《ひつよう》なかったじゃんか。

実際《じっさい》オレには、注目《ちゅうもく》してくれるべきお爺《じい》ちゃんもお母《かあ》さんも、最初《さいしょ》からいなかったも同《おな》じなんだから。

少《すく》なくともオレは、こんな賑《にぎ》やかで華《はな》やかな空気《くうき》も、二人《ふたり》の温《あたた》かい笑顔《えがお》も、何一《なにひと》つ覚《おぼ》えてないんだから……

「そう言《い》えばお義父《とう》さん、森田《もりた》さんの具合《ぐあい》はどうだったんですか？」

食《た》べ終《お》わった食器類《しょっきるい》を台所《だいどころ》に下《さ》げにいったお母《かあ》さんが、お盆《ぼん》に大《おお》きなりんごを載《の》せて戻《もど》ってくる。

「ああ、思《おも》いのほか元気《げんき》そうで安心《あんしん》したよ」

「そうですか。大事《だいじ》に至《いた》らなくてよかったですねぇ、本当《ほんとう》に。よいしょ」

お腹《なか》が重《おも》そうで、さっきから立《た》ったり座《すわ》ったりが大変《たいへん》そう。

「夏頃《なつごろ》から、お見《み》かけするたび随分《ずいぶん》とお顔《かお》の色《いろ》がすぐれないように感《かん》じてはいたんですけど……あら、やだ。ナイフ忘《わす》れちゃった」

「どれ、取《と》ってくるから」

手伝《てつだ》いを終《お》え、先《さき》にこたつに入《はい》ってたお父《とう》さんが、サッと立《た》ち上《あ》がって台所《だいどころ》に行《い》く。

「皆《みな》、歳《とし》だからねぇ。わしだって、いつどうなってもおかしくない」

「そんな。もう、寂《さび》しいこと言《い》わないでください、お義父《とう》さん」

「いや、この年《とし》になるとね、色々《いろいろ》と考《かんが》えるようになるもんだよ。ましてや周《まわ》りでそういう人《ひと》が出《で》れば尚《なお》のこと。だが、わしは恵《めぐ》まれておる。こうして話《はなし》ができる家族《かぞく》がいるのだからね」

「結局《けっきょく》、森田《もりた》さんとこは完全《かんぜん》にやめるってことなんだね？」

戻《もど》ってきたお父《とう》さんが、席《せき》について話《はなし》に加《くわ》わる。

「ああ、そういうことだ。ただでさえ量販店《りょうはんてん》に押《お》され苦戦《くせん》していた上《うえ》に、息子《むすこ》さん夫婦《ふうふ》があんなことになってしまってはな」

「さぞがっかりされたんでしょうね。あんなにお元気《げんき》でらしたのに心労《しんろう》が祟《たた》って……本当《ほんとう》にお気《き》の毒《どく》でしたからねぇ」

「しかし当《とう》の本人《ほんにん》は自分《じぶん》のことよりも、この商店街《しょうてんがい》のことばかり気《き》にしておったよ。自分《じぶん》の店《みせ》がこうなっては示《しめ》しがつかん、と言《い》ってな。初代理事長《しょだいりじちょう》である、その責任感《せきにんかん》の強《つよ》さには本当《ほんとう》にいつも頭《あたま》が下《さ》がる思《おも》いだよ」

「頑張《がんば》ってらしたのに、残念《ざんねん》ですわねぇ」

りんごを剥《む》きながら、お母《かあ》さんがぽつりと言《い》うと、お父《とう》さんは手《て》を後《うし》ろについて大《おお》きく息《いき》を吐《は》いた。

「時代《じだい》だよ。時代《じだい》が変《か》わってしまったんだ。いいか悪《わる》いかは別《べつ》としてね。そして、現場《げんば》である商店《しょうてん》はどこも大変《たいへん》なのさ」

「そうね。都会《とかい》だけじゃなく、この町《まち》も変《か》わりつつあるのよね……はーい、お待《ま》たせ。デザートよー、聖時《せいじ》くんも食《た》べてね？」

「あ、どうも……」

俯《うつむ》いた先《さき》にある、白《しろ》くてみずみずしい剥《む》きたてのりんご。蜜《みつ》がいっぱいで美味《うま》そう。

「あー、ちょっと待《ま》って。これじゃ食《た》べづらいわね」

大《おお》きいからって、剥《む》き終《お》わった二《ふた》つの扇形《おうぎがた》それぞれを、更《さら》に二《ふた》つずつに割《わ》ってくれてる。

「はい、どうぞ」

「いただきぃ！」

皿《さら》に載《の》せられるか載《の》せられないかのうちに、コウちゃんが狙《ねら》ってたみたいに素早《すばや》く手《て》を伸《の》ばす。

もう一気《いっき》に全部《ぜんぶ》やられそうな勢《いきお》いだから、オレもさりげなく急《いそ》いで手《て》に取《と》った。

「ねぇねぇ、そう言《い》えばさ」

サクッと噛《かじ》りついた口元《くちもと》が、小刻《こきざ》みにシャリシャリと喋《しゃべ》りだす。

「ウミネコ通《どお》りがなくなっちゃう、なんてことあるわけないよね？」

その小気味《こきみ》よい噛《か》み砕《くだ》き音《おん》からはみ出《だ》した突飛《とっぴ》な質問《しつもん》に、お父《とう》さんの目《め》がほんの少《すこ》し丸《まる》くなった。

「誰《だれ》がそんなことを？」

「坂《さか》ピーが言《い》ってたんだ。昨日《きのう》、お父《とう》さんたちが集《あつ》まって話《はな》し合《あ》ってるのを聞《き》いたって。そんなわけないのにさ」

「そうか、坂本《さかもと》くんか。なるほど」

「ねぇ、まさか……本当《ほんとう》なの？」

「んー……」

お父《とう》さんは、少《すこ》しの間《あいだ》考《かんが》え込《こ》むように目《め》を伏《ふ》せていたが、やがてゆっくりと口《くち》を開《ひら》いた。

「まだ大《おお》っぴらにしたくなかったんだが、仕方《しかた》ないな。実《じつ》はな、国道沿《こくどうぞ》いに大《おお》きなスーパーができることになったんだよ」

「スーパー？　え、どこら辺《へん》に？」

「バイパスの辺《あた》りに、だだっ広《ぴろ》い空《あ》き地《ち》があるだろ。あの辺《あた》りさ」

「ほう。あれは確《たし》か、旧国鉄《きゅうこくてつ》の用地《ようち》だったな」

それまで二人《ふたり》の会話《かいわ》をニコニコ顔《がお》で聞《き》いていたお爺《じい》ちゃんが、急《きゅう》に真顔《まがお》になる。

「ああ。父《とう》さんも知《し》っての通《とお》り、前々《まえまえ》から噂《うわさ》はあったからね。時代《じだい》の波《なみ》がついに、この商店街《しょうてんがい》にまで押《お》し寄《よ》せて来《き》たってわけだ。実際《じっさい》に建設《けんせつ》が始《はじ》まるのはもう時間《じかん》の問題《もんだい》だよ」

「そうか……」

お爺《じい》ちゃんは視線《しせん》をゆっくり上《うえ》の方《ほう》に移《うつ》すと、座椅子《ざいす》の肘掛《ひじか》けに置《お》いていた手《て》で顎《あご》を撫《な》でながら、

「ついに、この田舎町《いなかまち》にも、進出《しんしゅつ》してくるというわけか……」

そう呟《つぶや》いて、ついには腕組《うでぐ》みをして唸《うな》り出《だ》した。

急《きゅう》に真面目《まじめ》になった二人《ふたり》の顔《かお》を、コウちゃんがキョトンとして見比《みくら》べてる。

「そのスーパーができるのと、ウミネコ通《どお》りがなくなっちゃうのとは、何《なに》か関係《かんけい》があるの？」

「色々《いろいろ》とな。あ、いや、今《いま》すぐどうなるって話《はなし》じゃないぞ？　あくまでも、将来的《しょうらいてき》にその可能性《かのうせい》がないとは言《い》いきれないってことさ」

「何《なん》だかややこしいなぁ」

「まぁ、『なくなる』ってのは極端《きょくたん》かもしれないが。そうだな、たとえば……学校《がっこう》に行《い》く途中《とちゅう》に本屋《ほんや》さんがあるだろ？」

「西野宮書店《にしのみやしょてん》？　ずーっとカーテン閉《し》まってるけど」

「ああ。去年《きょねん》までは日《ひ》によって開《あ》けたりしてたようだが、今年《ことし》に入《はい》ってから完全《かんぜん》にお店《みせ》をやめてしまったんだよ。何《なん》でだか分《わ》かるか？」

「近《ちか》くにでっかいのができたからでしょ？『ブック王《おう》アカマツ』が」

「そう。皆《みんな》がそっちに行《い》くようになったからさ。お前《まえ》たちもそうじゃないか？」

「うん。だって立《た》ち読《よ》みしててもいやな顔《かお》されないし、マンガとかの種類《しゅるい》もいっぱいあるんだもん」

「それが利用者《りようしゃ》の本音《ほんね》、顧客心理《こきゃくしんり》というやつさ。商店《しょうてん》ってのは、お客《きゃく》さんが品物《しなもの》を買《か》いに来《き》てくれて初《はじ》めて成《な》り立《た》つものだろ？　だから来店《らいてん》してもらえなくなると結局《けっきょく》、お店《みせ》としてやっていかれなくなってしまうんだよ。森田電器《もりたでんき》の場合《ばあい》も同様《どうよう》、廃業《はいぎょう》を決断《けつだん》した背景《はいけい》にはその『お客《きゃく》さん離《ばな》れ』があったんだ」

「郊外《こうがい》には、本当《ほんとう》に次々《つぎつぎ》と大《おお》きなお店《みせ》ができているわよね。お隣《となり》の奥《おく》さんも、ディスカウント店《てん》には敵《かな》わない、お客様《きゃくさま》を持《も》ってかれて困《こま》る、ってこぼしてらしたわ。ご主人《しゅじん》だってほら、今《いま》は出稼《でかせ》ぎですもの、厳《きび》しいのよねぇ……はい、どうぞ」

お母《かあ》さんが、剥《む》き終《お》わったりんごをそれぞれ別《べつ》の皿《さら》に分《わ》けて、お爺《じい》ちゃんとお父《とう》さんの前《まえ》に差《さ》し出《だ》す。

「それと同《おな》じことが、いや、もっともっと大《おお》きな脅威《きょうい》が、今度《こんど》はこの商店街全体《しょうてんがいぜんたい》に及《およ》ぶかもしれないというわけさ」

「え、じゃあ、スーパーができたら皆潰《みんなつぶ》れちゃうってこと？　うちも？　いやだなぁ、そんなの……」

「お父《とう》さんだっていやだよ。冗談《じょうだん》じゃない。だからそうならないようにと、皆《みんな》で集《あつ》まって話《はな》し合《あ》ってるんだ」

「うむ。備《そな》えあれば憂《うれ》いなし、だぞ。何《なに》せデフレ続《つづ》きのこのご時世《じせい》だからな」

お爺《じい》ちゃんが、りんごを頬張《ほおば》りながら大《おお》きく頷《うなず》く。

「ところが、宮嶋《みやじま》さんたちのように、お客《きゃく》さんの動向《どうこう》に敏感《びんかん》になってるところ以外《いがい》は積極的《せっきょくてき》じゃない店《みせ》が多《おお》くてね。強力《きょうりょく》な競合店《きょうごうてん》が来《こ》ないうちは、現実味《げんじつみ》がないもんだから危機感《ききかん》が薄《うす》いようで。なかなか頭数《あたまかず》が揃《そろ》わない」

「昔《むかし》からそうだ。田舎《いなか》というのは何《なん》でも遅《おそ》い。よくも悪《わる》くもな」

「本当《ほんとう》にそうだね。首都圏《しゅとけん》じゃ既《すで》に誰《だれ》もが景気後退《けいきこうたい》を肌《はだ》で感《かん》じ始《はじ》めてるってのに、地方《ちほう》はまだまだどこ吹《ふ》く風《かぜ》だもの。でも毎月《まいつき》、来《く》るたびに愚痴《ぐち》をこぼしていく問屋《とんや》の顔《かお》を見《み》てたら、いやでも冷《ひ》え込《こ》んでいく業界《ぎょうかい》の厳《きび》しい現実《げんじつ》を思《おも》い知《し》らされるよ」

「しかし、ここへきて大型《おおがた》ＳＣが乗《の》り込《こ》んでくるとはな……」

サラウンド。

テーブルの上《うえ》を飛《と》び交《か》う、聞《き》き覚《おぼ》えのある言葉《ことば》たち。よく大人同士《おとなどうし》が難《むずか》しい顔《かお》で会話《かいわ》してた、そんな場面《ばめん》を思《おも》い出《だ》す。

オオガタエスシー、デフレ、ケーキコータイ……

僅《わず》かな記憶《きおく》の片隅《かたすみ》にあった音《おと》の響《ひび》きと一致《いっち》したキーワード群《ぐん》が、頭《あたま》の中《なか》で交《まじ》わり、重《かさ》なり、シンクロされてゆく。と同時《どうじ》に、胸《むね》のリズムが急激《きゅうげき》に加速《かそく》し始《はじ》めた。

そして……

「まったく。年々悩《ねんねんなや》みが増《ふ》える一方《いっぽう》だよ。バブルが弾《はじ》けてからというもの、悪《わる》いニュースばかりだ」

その核心《かくしん》を突《つ》く耳《みみ》なれた言《い》い回《まわ》しに、這《は》うような、じわりとした緊張感《きんちょうかん》が胸《むね》を襲《おそ》った。

やっぱり。

間違《まちが》いない。これは現実《げんじつ》だ。

紛《まぎ》れもなく、過《す》ぎ去《さ》った現実《げんじつ》の世界《せかい》だ。

オレは本当《ほんとう》に、自分《じぶん》が生《う》まれる前《まえ》の、過去《かこ》の世界《せかい》に来《き》てしまったんだ――


「コウちゃんが大人《おとな》になる頃《ころ》には、どう変《か》わっているのかしらね。商店街《しょうてんがい》や私《わたし》たちも」

「そうだな。相当厳《そうとうきび》しい時代《じだい》が来《く》ることを覚悟《かくご》しなくちゃならない時《とき》が、もう、すぐそこまで迫《せま》ってると思《おも》う」


オレは知《し》ってる。商店街《しょうてんがい》がどうなるのか。どうなってしまうのか。

知《し》ってるんだ。お兄《にい》ちゃんにとっても、お父《とう》さんにとっても、ちっとも喜《よろこ》ばしくない、その未来《みらい》を。


「だが、どんなことがあっても乗《の》り切《き》って、この店《みせ》を守《まも》るつもりだ」

「そうね。浩一《こういち》のためにも、生《う》まれてくる、この子《こ》のためにもね」

「ああ。立派《りっぱ》に改装《かいそう》だってしたんだし、何《なん》たって一人《ひとり》増《ふ》えるんだから、もっともっと頑張《がんば》らないとな」

オレは全《すべ》て知《し》ってるんだよ。

商店街《しょうてんがい》が廃《すた》れ始《はじ》めた頃《ころ》にはもう、うちの家族《かぞく》がたった三人《さんにん》だけになってることも。

お爺《じい》ちゃんもお母《かあ》さんもいなくなって、小《ちい》さな写真《しゃしん》の中《なか》の人《ひと》になっちゃうってことも――

「コウちゃんも、あなたも、私《わたし》たちがしっかりと守《まも》るからね。どんなことがあっても、絶《ぜっ》対《たい》に。だから大丈夫《だいじょうぶ》よ」

エプロンに包《つつ》まれた、大《おお》きな丸《まる》いお腹《なか》。

愛《いと》おしそうに撫《な》でながらそう語《かた》りかけてるお母《かあ》さんを見《み》てたら、思《おも》わず泣《な》きそうになった。

何《なん》でだろう。こんなに近《ちか》くにいるのに、目《め》の前《まえ》にいるのに、その笑顔《えがお》が写真《しゃしん》で見《み》る以上《いじょう》に遠《とお》く感《かん》じられて。

急《きゅう》に、りんごが喉《のど》を通《とお》らなくなってしまったけど、「遠慮《えんりょ》しないで食《た》べてね」なんて優《やさ》しく言《い》われたら本当《ほんとう》に泣《な》き出《だ》しそうな気《き》がして。

言《い》われる前《まえ》にと無理矢理《むりやり》口《くち》に突《つ》っ込《こ》んだ二個目《にこめ》の大《おお》きなカケラは、同《おな》じりんごのはずなのに、何《なん》だかさっきまでとは違《ちが》う、ちょっぴりしょっぱい味《あじ》がした。

第《だい》三《さん》章《しょう》　潜入大作戦《せんにゅうだいさくせん》！

1

何《なん》だろう。この日《ひ》なたぼっこしてるような、心地《ここち》いい温《あたた》かさ。

懐《なつ》かしい感《かん》じさえするな。

まるで、サンルーフですっぽりと覆《おお》われた、物干《ものほ》し部屋《べや》の中《なか》にいるみたい。

お兄《にい》ちゃんがまだ家《いえ》にいた頃《ころ》に、冬休《ふゆやす》みを利用《りよう》して二人《ふたり》で何度《なんど》か叔母《おば》さん家《ち》に遊《あそ》びに行《い》ったことがあって。その家《いえ》の縁側《えんがわ》がそうだった。

中庭《なかにわ》に吹《ふ》き込《こ》む風《かぜ》は、まるで笛《ふえ》のように途切《とぎ》れずヒュルヒュルと鳴《な》き頻《しき》り、葉《は》の落《お》ちた柿《かき》の木《き》の向《む》こうには、ひび割《わ》れた青空《あおぞら》が広《ひろ》がってて。

外《そと》はいかにも寒々《さむざむ》しい冬景色《ふゆげしき》なのに、低《ひく》い位置《いち》からガラス越《ご》しに差《さ》し込《こ》んでくる眩《まぶ》しい陽《ひ》の光《ひかり》が、一足早《ひとあしはや》くその部屋《へや》にだけ春《はる》の陽気《ようき》を作《つく》り出《だ》してくれてる。

その陽《ひ》だまり空間《くうかん》で、お兄《にい》ちゃんはぶ厚《あつ》い辞典《じてん》を片手《かたて》に勉強《べんきょう》してて、オレは横《よこ》で絵本《えほん》なんかを読《よ》みながら、フカフカのじゅうたんに寝《ね》そべってた。

「ねぇねぇ、お兄《にい》ちゃん。見《み》て、ここ」

「んー？」

「なにこれ、『ワ、レ、モ、コ、ウ』だって。へんなのーきゃはは」

「吾亦紅《われもこう》か。それは花《はな》の名前《なまえ》だよ。あれ、『木《き》』に『香《こう》』だったかな。えーっと……へー、どっちでもいいんだな」

「面白《おもしろ》いでしょ、ね？　ね？」

「ああ、興味深《きょうみぶか》い名前《なまえ》の花《はな》だね。何々《なになに》、バラ科《か》の多年草《たねんそう》で山野《さんや》に生《は》える。葉《は》は羽状複葉《うじょうふくよう》。夏《なつ》から秋《あき》にかけ、高《たか》さ約八十《やくはちじっ》センチメートルの花茎《かけい》を立《た》てて上方《じょうほう》で枝《えだ》を分《わ》け……」

とにかく真面目《まじめ》で、いつも勉強《べんきょう》ばっかりしてるイメージだった。

何《なん》たって、誕生日《たんじょうび》プレゼントに電子辞書《でんしじしょ》を買《か》ってもらって喜《よろこ》んでたくらいだもんな。オレには理解《りかい》できなかった。

でも、この頃《ころ》はまだよかった。言《い》うことを聞《き》かないと怒《おこ》られはしたけど、色《いろ》んなことを教《おし》えてくれたし、色《いろ》んなところに連《つ》れてってもらったりもした。

お父《とう》さんはお店《みせ》を一人《ひとり》で切《き》り盛《も》りしなきゃいけないから、いつも忙《いそが》しそうにしてて。めったに三人揃《さんにんそろ》って出《で》かけることなんてなかったもんな。

あの頃《ころ》は、本当《ほんとう》にいつも一緒《いっしょ》だった。って言《い》うかオレがくっついて回《まわ》ってたんだけど。

オレ、お兄《にい》ちゃんのことが好《す》きだったんだよな……。

ところで。

ねぇ、誰《だれ》なの？　さっきからそこにいるのは。

「――おや。よく分《わ》かったね、話《はな》しかけてもいないのに」

うわ、やっぱり誰《だれ》かいたんだ。

「――私《わたし》のことが見《み》えるのかい？」

よく分《わ》かんないけど、何《なん》となく見《み》られてるような気《き》がしただけ。

あの、まさか……オバケとかじゃないよね？

「――さぁ、どうかな」

ゲッ。否定《ひてい》しないところをみると、まるっきりハズレでもないってことか。

じゃあ、妖怪《ようかい》とか悪魔《あくま》とか？

「――怖《こわ》いのかい？」

ううん、全然《ぜんぜん》怖《こわ》くないよ。むしろ気分《きぶん》がいいかも。温《あたた》かいし。

「──なら、大丈夫《だいじょうぶ》」

え、どういう意味《いみ》？

「──私《わたし》たちの姿《すがた》というのは、見《み》る人《ひと》によって変《か》わるのだよ」

見《み》る人《ひと》によって変《か》わる？　ますます分《わ》かんない。
って言《い》うか、そもそも見《み》えてないから、怖《こわ》いのかどうかも分《わ》かんないよ。

「──それでよろしい。どう感《かん》じるかが重要《じゅうよう》。見《み》えないのが普通《ふつう》だしね」

でも声《こえ》は聞《き》こえるんだから不思議《ふしぎ》だなぁ。気配《けはい》も感《かん》じるし。やっぱりオバケみたいだよ。

「──オバケを見《み》たことがあるのかい？」

ううん、ないけどさ。たぶんこういう感《かん》じなのかなぁ、って。

「――まぁ、似《に》たようなものかもしれんがね。ただ、昔《むかし》から君《きみ》たちが恐《おそ》れているその怖《こわ》い者《もの》たちは、何《いず》れも君《きみ》たち自身《じしん》の心《こころ》が創《つく》り出《だ》した姿《すがた》に他《ほか》ならないのだよ」

じゃあ、妖怪《ようかい》とか悪魔《あくま》なんかも本当《ほんとう》はいないってこと？

「――いや、君《きみ》たち自身《じしん》が創《つく》り出《だ》した以上《いじょう》、君《きみ》たちの心《こころ》の中《なか》には存在《そんざい》し続《つづ》けるだろうね。しかし彼《かれ》らもまた、私《わたし》と同《おな》じ世界《せかい》の者《もの》であることに変《か》わりはない。つまり……」

見《み》る人《ひと》によって、変《か》わる？

「――そういうこと」

ふうん。ねぇ、それで、お爺《じい》さんは誰《だれ》なの？

「――それなんだが。どうやら君《きみ》は私《わたし》のことを最初《さいしょ》からお爺《じい》さんだと思《おも》っているようだから、イメージどおり、年老《としお》いた男性《だんせい》ということになるね」

だって、声《こえ》の感《かん》じとか話《はな》し方《かた》が……って言《い》うかさ、オレ、タイムスリップしちゃったんだよね？　お爺《じい》さんは、それにも何《なに》か関係《かんけい》あるんでしょ？　何《なに》か知《し》ってるんでしょ？

「――そりゃあ、もちろんね」

やっぱりね。でも、どう考《かんが》えてもお爺《じい》さんの声《こえ》にしか聞《き》こえないんだけど。これも、オレが思《おも》い込《こ》んでるから、そういうふうに聞《き》こえるだけってこと？

「――そういうことになるね」

不思議《ふしぎ》だなぁ……。

ねぇ、そのうちオレにも、お爺《じい》さんの姿《すがた》が見《み》えるようになる？

「――そうだねぇ。見《み》える場合《ばあい》もあるが、状況《じょうきょう》によって様々《さまざま》だよ。その人《ひと》にもよる。でも今《いま》の君《きみ》だと、私《わたし》の本当《ほんとう》の姿《すがた》を知《し》ったらさぞかし驚《おどろ》くだろうね」

ってことは、やっぱり正体《しょうたい》は恐《おそ》ろしい妖怪《ようかい》なの？

「――さぁ、どうだろうね。そうかもしれないよ」

分《わ》かった。知《し》らない方《ほう》が身《み》のためってこともあるもんね。今《いま》のままでいいや。見《み》えなきゃ全然怖《ぜんぜんこわ》くないんだから。

でもさ、こんな不思議《ふしぎ》なことって本当《ほんとう》にあるんだね。まさか自分《じぶん》がタイムスリップしちゃうなんて思《おも》いもしなかった。それに、こうして声《こえ》だけが聞《き》こえたりするってのも、やっぱり現実《げんじつ》には考《かんが》えられないもん。貴重《きちょう》な体験《たいけん》してるよねオレ。何《なん》か得《とく》した気分《きぶん》。

「――喜《よろこ》んでくれて嬉《うれ》しいのだがね。実《じっ》は君《きみ》だけに限《かぎ》らず、ほとんどの人《ひと》がこうしていつも私《わたし》たちの声《こえ》を聞《き》いているのだよ」

えっ、ほとんどの人《ひと》が？　いつも？　嘘《うそ》だぁ。

「——本当《ほんとう》だよ。聞《き》こえるだけに留《とど》まらず、このように言葉《ことば》を交《か》わせる人《ひと》もたくさんいるし、現《げん》に、ほぼ毎日話《まいにちはな》してる人《ひと》が大半《たいはん》を占《し》めるのだよ」

だってオレはもちろんこれが初《はじ》めてだし、そんな話《はなし》、誰《だれ》からも聞《き》いたことがないよ？

「——それはね、私《わたし》たちとは、ずっとずーっと奥《おく》の潜在意識《せんざいいしき》の更《さら》に深《ふか》いところで接《せっ》しているから、誰《だれ》もがそれを記憶《きおく》として認識《にんしき》できていないだけのこと。君《きみ》だって同《おな》じだよ。実際《じっさい》には今日《きょう》が初《はじ》めてではないのだから」

オ、オレも初《はじ》めてじゃないの？　んー、ますます納得《なっとく》いかないなぁ。

「——信《しん》じられないかい。無理《むり》もない。君《きみ》たちの世界《せかい》では、ここでの内容自体《ないようじたい》、言《い》わばバイオリズムという無意識的《むいしきてき》な形《かたち》でしか反映《はんえい》されないわけだからね」

難《むずか》しくて何《なん》だかよく分《わ》かんないけど、つまりオレからすれば、いつまで経《た》ってもお爺《じい》さんとは初対面《しょたいめん》になっちゃうってこと？

「――確《たし》かに、つい先日《せんじつ》までの君《きみ》はそうだったがね。どうやら感度《かんど》が上《あ》がってきたようだから大丈夫《だいじょうぶ》」

感度《かんど》？

「――そう。こうして、しっかりと会話《かいわ》が成立《せいりつ》するレベルになれば、君《きみ》と私《わたし》とのパイプラインが自《おの》ずとここにでき上《あ》がるのだよ」

じゃあさ、またお爺《じい》さんとこうやって話《はな》せるんだね？

「――ああ、そうだよ。これからはもう私《わたし》のことを認識《にんしき》できるはずだから、『顔見知《かおみし》り』になるね」

……顔《かお》も見《み》えないのに？

「――ああ、いや、こりゃ失礼《しつれい》。知《し》り合《あ》い、と言《い》うべきだったね」

よかったぁ。これでちょっと安心《あんしん》したよ。いきなりこんな状況《じょうきょう》に陥《おちい》っちゃってさ、一人《ひとり》でどうしようかと思《おも》ってたんだ。

「――安心《あんしん》できてよかった。とは言《い》え、日常《にちじょう》に戻《もど》ればいつもどおり何《なに》も覚《おぼ》えてはいないよ。ほら、こんなふうに時間《じかん》が来《き》たりすれば……」

時間《じかん》、って？

「――リリリリリ」

え、何《なに》？

リリリリリリリ……

あれ？　お爺《じい》さん？

リリリリリリリリリリリリリリリリ……


遥《はる》か向《む》こうから、だんだんこちらに近《ちか》づいてくるように大《おお》きくなる、それ。聞《き》き慣《な》れない、耳障《みみざわ》りな連続音《れんぞくおん》に、ふと夢《ゆめ》を破《やぶ》られる。

「んー」

しぶしぶ目《め》を開《あ》けると、ぼんやりとした視界《しかい》の真《ま》ん中《なか》に、蛍光灯《けいこうとう》の紐《ひも》がぶら下《さ》がっていた。

「……？」

明《あき》らかにオレの部屋《へや》の天井《てんじょう》には違《ちが》いなく、その紐《ひも》もいつも通《どお》り、丸《まる》みを帯《お》びた正方形《せいほうけい》の照明《しょうめい》カバーから真《ま》っ直《す》ぐ垂《た》れている。

だけど位置《いち》が違《ちが》う。いつもなら、目《め》が覚《さ》めると視界《しかい》の右斜《みぎなな》め上《うえ》にあるはずなのに。
何《なん》でだろう……

ジリリリリリリリリリリリリリリリ！

布団《ふとん》の中《なか》の夢心地《ゆめごこち》な温《あたた》かさと顔《かお》に触《ふ》れる現《げん》実《じつ》との温度差《おんどさ》が、次第《しだい》に頭《あたま》の回路《かいろ》を目覚《めざ》めさせてゆく。
気《き》がつくと、小刻《こきざ》みな金属音《きんぞくおん》が、すぐ傍《そば》から畳《たた》みかけるように鳴《な》り響《ひび》いていた。
氷《こおり》みたいに澄《す》んだ朝《あさ》の静寂《せいじゃく》を真《ま》っ二《ぷた》つに割《わ》るかのような、けたたましいベルの音《おと》。
部屋《へや》の中《なか》を一直線《いっちょくせん》にひた走《はし》るその『目覚《めざ》まし暴走機関車《ぼうそうきかんしゃ》』が、心地《ここち》いい微睡《まどろ》みをも容赦《ようしゃ》なく蹴散《けち》らしてゆく。

ああ、そうか。昨夜《ゆうべ》は床《ゆか》に布団《ふとん》を敷《し》いてもらったんだっけ。いつも寝《ね》ているベッドには先住民《せんじゅうみん》がいたんだもんな。

そう言《い》えば、何《なに》か夢《ゆめ》を見《み》てたような気《き》がするんだけど、どんな夢《ゆめ》だったかな。

夢《ゆめ》って、起《お》きた直後《ちょくご》は覚《おぼ》えてる（気《き》がする）のに、いざ内容《ないよう》を振《ふ》り返《かえ》ろうとすると、どういうわけかまったく思《おも》い出《だ》せないってのがほとんどだ。

そうかと思《おも》えば、やたらリアルな怖《こわ》い夢《ゆめ》は鮮明《せんめい》に覚《おぼ》えてたりして。不思議《ふしぎ》だよな。

それにしても、いやな音《おと》だなぁ。叩《たた》き起《お》こしてやるぞと言《い》わんばかりに連打《れんだ》しやがって。

どうしても好《す》きになれないんだよな、この音《おと》。必要以上《ひつよういじょう》に急《せ》かされてるみたいでさ。非常事態《ひじょうじたい》でもあるまいし。

オレって意外《いがい》とすぐ起《お》きられる方《ほう》だから、小学校入学《しょうがっこうにゅうがく》と同時《どうじ》に自分専用《じぶんせんよう》として電子音《でんしおん》のやつに替《か》えてもらった。あれは鳴《な》り始《はじ》めは小《ちい》さく、だんだん音《おと》が大《おお》きくなるタイプで気《き》に入《い》ってるんだ。大抵《たいてい》は鳴《な》り出《だ》した瞬間《しゅんかん》に目《め》が覚《さ》めるから、大《おお》きな音《おと》を聞《き》かずに済《す》むし。


ジリリリリリリリリリリリリリリリリリリリリ！

ああもう、うるさいなぁ。いつになったら鳴《な》り止《や》むんだよ。って言《い》うか早《はや》く止《と》めろよ。

「コウちゃん。おい、コウちゃんってば」
ベッドの上《うえ》の、しかも壁側《かべがわ》の枕元《まくらもと》に置《お》いてあるんだもん、当然《とうぜん》そっちが止《と》めるべきだ。オレとしてはわざわざ布団《ふとん》から出《で》たくないんだからさ。オレの声《こえ》が聞《き》こえたのか聞《き》こえてないのか、やがてかけ布団《ぶとん》がもそもそと動《うご》き、
リリリンッ……
やっと止《と》まった。

「コウちゃーん、もう起《お》きなさいよー」
時間《じかん》まで止《と》められたかのように、しんとなった部屋《へや》。そこへ階段《かいだん》の下《した》から、お母《かあ》さんの声《こえ》が微風《そよかぜ》みたいに入《はい》り込《こ》んでくる。
すると、ベッドの上《うえ》の『ヌシ』はむくっと上体《じょうたい》を起《お》こし、「ん？　ん？」なんて訝《いぶか》しげにも間抜《まぬ》けな声《こえ》を発《はっ》しながら、半開《はんびら》きの目《め》できょろきょろと辺《あた》りを見回《みまわ》してる。と思《おも》ったら、首《くび》を傾《かし》げて再《ふたた》び頭《あたま》から布団《ふとん》を被《かぶ》ってしまった。

寒《さむ》い朝《あさ》だ。

カーテンを閉め切《き》った薄暗《うすぐら》い部屋《へや》に、吐《は》く息《いき》が一瞬《いっしゅん》だけ白《しろ》く映《は》える。家《いえ》の中《なか》なのに、やな感《かん》じ。

こういう時《とき》いつも思《おも》う。沖縄《おきなわ》の子供《こども》とかはいいなぁって。

きっと、布団《ふとん》を剥《は》いでいると寒《さむ》くて目《め》が覚《さ》めることも、パジャマを脱《ぬ》いで服《ふく》に袖《そで》を通《とお》すと一気《いっき》に目《め》が覚《さ》めちまうあの感覚《かんかく》も、知《し》らないんだろうな。

でも、それを言《い》うと必《かなら》ずお父《とう》さんに返《かえ》される。「ここはまだいい方《ほう》なんだぞ、雪国《ゆきぐに》なんて鼻水《はなみず》も凍《こお》っちゃうほど寒《さむ》いんだぞ」って。更《さら》には、「四季《しき》があって、夏《なつ》は暑《あつ》すぎず冬《ふゆ》も寒《さむ》すぎず。過《す》ごしやすいところが一番《いちばん》だよ」って。

分《わ》かるけどさ。分《わ》かってるけど、鼻水《はなみず》が凍《こお》らなくても寒《さむ》いもんは寒《さむ》いし。一年中半袖《いちねんじゅうはんそで》でいられる常夏《とこなつ》の島《しま》で、気《き》が向《む》いたらいつでも海《うみ》で泳《およ》いだりできるのって憧《あこが》れるよ。

なんて。遊《あそ》んでる時《とき》は寒《さむ》さなんて気《き》にもならないし、むしろサッカーやるんなら、こっちの季節《きせつ》の方《ほう》が爽《さわ》やかでいられる。だから別《べつ》にここが嫌《きら》いなわけじゃないんだ。要《よう》するに布団《ふとん》から出《で》るのが億劫《おっくう》なだけ。

ジリリリリリリリリリリリリリリリ！

暫《しば》くボーっとしてると、また暴走機関車《ぼうそうきかんしゃ》が走《はし》り出《だ》しやがった。

何《なん》の前触《まえぶ》れもなく、いきなり大音量《だいおんりょう》で暴《あば》れ出《だ》すから嫌《きら》いなんだよな、ベル音《おん》は。

しかし目覚《めざ》まし時計《どけい》って本当《ほんとう》によくできてる。種類《しゅるい》にもよるみたいだけど、止《と》めても五《ご》分《ふん》くらいすると、こんなふうにまた勝手《かって》に鳴《な》り出《だ》しちゃうんだから。二度寝防止機能《にどねぼうしきのう》なんだって。完全《かんぜん》に止《と》めるには、上《うえ》の大《おお》きなボタンを押《お》しただけじゃなく、後《うし》ろにある小《ちい》さな切《き》り替《か》えスイッチをOFFにしなきゃいけないってんだから面倒《めんどう》だ。お陰《かげ》で、いやでも起《お》こされるんだけどさ、普通《ふつう》は。普通《ふつう》はね。でも、さっぱり起《お》きる気配《けはい》がない。

たまらず跳《は》ね起《お》きて揺《ゆ》り動《うご》かしてやる。

「ったく。おい、起《お》きろって」

だめか。布団《ふとん》越しに脇腹《わきばら》の辺《あた》りを狙《ねら》って突《つ》っついても微動《びどう》だにしない。

しかも何《なん》だ。遠慮《えんりょ》がちに声《こえ》を掛《か》けてりゃ、そのグゥっていう返事《へんじ》は。

「コウちゃん、いい加減《かげん》起《お》きろよ！　おい！」

まったく。こんな傍《そば》で鳴《な》ってるってのに聞《き》こえないのかよ、この非常《ひじょう》ベルみたいな騒音《そうおん》が。もう我慢《がまん》できない。

オレはさんざん起《お》こそうと試《こころ》みたが諦《あきら》め、壁際《かべぎわ》で喚《わめ》き散《ち》らしてる目覚《めざ》まし時計《どけい》に仕方《しかた》なく手《て》を伸《の》ばそうとし……

「！」

ふと、何《なに》か気配《けはい》を感《かん》じて振《ふ》り向《む》くと、いつの間《ま》にか開《ひら》いたドアの前《まえ》に、腕組《うでぐ》みをしたお母《かあ》さんが立《た》っていた。

「ちょっとごめんね」

そうオレに声《こえ》を掛《か》けてくれたその口元《くちもと》には、一応《いちおう》、薄《うっす》らと笑《え》みが浮《う》かんではいるんだけど。

ただならぬ空気《くうき》を察《さっ》して、その場《ば》から逃《に》げるように明《あ》け渡《わた》すや否《いな》や、

「起《お》きなさい浩一《こういち》！　いつまで寝《ね》てるの！」

いきなりベッドの掛《か》け布団《ぶとん》をものすごい勢《いきお》いで剥《は》ぎ取《と》った。

「どうしていつも一人《ひとり》で起《お》きられないの！　早《はや》く着替《きが》えてご飯《はん》食《た》べなさい！」

お母《かあ》さんはそう言《い》い放《はな》ち、同《おな》じ勢《いきお》いでジャッ、ジャッ、とカーテンを開《あ》けたかと思《おも》うと、お腹《なか》を重《おも》そうにしながらも足早《あしばや》に部屋《へや》を出《で》て行《い》った。

「うう、さぶいよぅ」

身体《からだ》が一瞬《いっしゅん》で現実《げんじつ》に晒《さら》され、震《ふる》えながら縮《ちぢ》こまってる『ヌシ』の横《よこ》で、

「は、早《はや》く、起《お》きた方《ほう》がいいって、絶対《ぜったい》」
思《おも》いもよらないお母《かあ》さんの迫力《はくりょく》に、オレもまた一緒《いっしょ》になって縮《ちぢ》こまっていた。

ジリリリリリリリリリリリリリリリリリリリリリリ！

朝《あさ》を受《う》け入《い》れた部屋《へや》に、尚《なお》も響《ひび》き渡《わた》るけたたましい金属音《きんぞくおん》。
なるほど。毎朝《まいあさ》こうして怒《おこ》られてるから、こんなハードな起《お》こされ方《かた》をしてるから、これだけ大音量《だいおんりょう》の目覚《めざ》まし時計《どけい》にしてるんだ。
さしずめ、危険《きけん》を回避《かいひ》するために作動《さどう》させてる警報装置《けいほうそうち》みたいなもんか。まさに非常《ひじょう》ベルだな……

——意味《いみ》ないみたいだけど。

2

「おーい、坂本《さかもと》くんたち来《き》たぞー」

「やべ、時間《じかん》だ」

表《おもて》からお父《とう》さんの叫《さけ》ぶ声《こえ》が聞《き》こえてくると、コウちゃんは皿《さら》に残《のこ》ったプチトマトを三個《さんこ》まとめて頬張《ほおば》り、続《つづ》いて味噌汁《みそしる》と牛乳《ぎゅうにゅう》を連続《れんぞく》で一気飲《いっきの》みした。うえっ。

「ごひほうはまっ！」

声《こえ》がくぐもってるこの瞬間《しゅんかん》の口《くち》の中《なか》が、一体《いったい》どんだけシュールなハーモニーを奏《かな》でてるのかは考《かんが》えないことにしてと。

ランドセルに腕《うで》を通《とお》しながらドタバタ玄関《げんかん》まで行《い》くと、口《くち》をもぐもぐさせたまま靴《くつ》の爪《つま》先《さき》を左右交互《さゆうこうご》に何度《なんど》も床《ゆか》に打《う》ちつけてる。

「ちょっと、ハンカチここに置《お》いてあるからって言《い》ったでしょ、まったくもう。ほらポケットに入《い》れて」

そんな忙《いそが》しそうな背中《せなか》を、これまた慌《あわ》てたようなお母《かあ》さんの声《こえ》が追《お》いかける。

「あとは忘《わす》れ物《もの》ない？　気《き》をつけて行《い》くのよ？　あ、それから。寄《よ》り道《みち》しないで帰《かえ》ってくること。いいわね？」

「分《わ》かってる！　じゃあセージ、あとでな！　行《い》ってきまーす！」

「こら、危《あぶ》ないから走《はし》らないの！　もう」

お母《かあ》さんは、ガッタガッタと通路《つうろ》を行《い》くランドセルを見送《みおく》りながら、やれやれ、という感《かん》じで腰《こし》に手《て》を当《あ》てると、

「どうして朝《あさ》って、いつもこう慌《あわ》ただしいのかしらねぇ」

そう呟《つぶや》いて、短《みじか》いため息《いき》をついた。


あの後《あと》、怒《おこ》ってると思《おも》って恐《おそ》る恐《おそ》る下《お》りてきたんだけど、全然《ぜんぜん》そんなふうじゃなくて。

コウちゃんも、ああいうのはすっかり慣《な》れっこみたいでまったく気《き》にしてない様子《ようす》だったし、ご飯《はん》を装《よそ》うお母《かあ》さんもいたって普通《ふつう》だった。

もしも、本当《ほんとう》にもしもだけど、お父《とう》さんがあのくらいの勢《いきお》いで怒《おこ》ったとしたら、最低《さいてい》で

も二日《ふつか》は口《くち》を利《き》いてもらえなそうな気《き》がするんだけどな。

「さてと、腕《うで》によりをかけてお洗濯《せんたく》しなくっちゃ。今日《きょう》はそれで我慢《がまん》してね？」

横《よこ》にいるオレに、にっこり笑《わら》いかけてくれてる。

昨日《きのう》の『泥《どろ》んこスペシャル』は洗濯機《せんたくき》行《い》きだから、オレが今着《いまき》てるスウェットはコウちゃんのお古《ふる》ってわけ。

それにしてもお母《かあ》さんって、何《なん》て言《い》うか、優《やさ》しさと怖《こわ》さとが常《つね》に同《おな》じライン上《じょう》にあるみたいで不思議《ふしぎ》な人《ひと》だ。

なんて、オレが知《し》らないだけで、どこの家《いえ》でも皆《みんな》こういう感《かん》じなのかな。

「聖時《せいじ》くんは、ゆっくりしててね？　お部屋《へや》にマンガとかもあるから、遠慮《えんりょ》なくどうぞ」

「あ、はい……」

例《れい》のごとく照《て》れくさくて、ついつい俯《うつむ》いちゃったんだけど。

そしたら、途端《とたん》にその笑顔《えがお》と今朝《けさ》の怒《おこ》った顔《かお》、二種類《にしゅるい》のお母《かあ》さんが頭《あたま》の中《なか》で交差《こうさ》し始《はじ》めて。

急《きゅう》に不安《ふあん》になって、ふと、もう一度《いちど》顔《かお》を上《あ》げたら、穏《おだ》やかな微笑《ほほえ》みが「ん？」って返《かえ》してくれた。

それで何《なん》だかすごく安心《あんしん》したっていうか嬉《うれ》しくなっちゃって。気《き》がついたら、「あの、僕《ぼく》！　手伝《てつだ》いますっ！」なんて、反射的《はんしゃてき》に『いい子《こ》』になっちまった。

オレも不思議《ふしぎ》なやつかもしれないよ。


部屋《へや》で、もの珍《めずら》しい『昔《むかし》のマンガ』や『昔《むかし》のゲームソフト』をあれこれ眺《なが》めていると、暫《しばら》くして下《した》からお母《かあ》さんに呼《よ》ばれた。どうやら出番《でばん》がきたみたいだ。本当《ほんとう》は「待《ま》ってました！」って感《かん》じなんだけど、わざとワンテンポ遅《おく》らせて、ちょっと大人《おとな》っぽく低《ひく》い声《こえ》で返《へん》事《じ》してみたりして。

当然《とうぜん》、格好《かっこう》つけたわりに階段《かいだん》を下《お》りる足《あし》がハイテンポだった、なんてのは絶対《ぜったい》に内緒《ないしょ》だ。

昨夜《ゆうべ》は、こんなことになった原因《げんいん》をあれこれ考《かんが》えたり、戻《もど》れなくなったらどうしようなんて不安《ふあん》ばかりが頭《あたま》の中《なか》を占領《せんりょう》してたけど、寝《ね》て起《お》きたら不思議《ふしぎ》と、どうにかなるさって無意識《むいしき》にプラス思考《しこう》で考《かんが》えてる自分《じぶん》がいて。

だってお母《かあ》さんがいるんだもん。俄然《がぜん》はりきっちゃうよな。

指示通《しじどお》り、洗面所《せんめんじょ》から洗濯《せんたく》カゴを抱《かか》え運《はこ》び出《だ》そうとしてるところへ、ちょうど裏口《うらぐち》のドアが開《あ》き、お爺《じい》ちゃんが朝《あさ》の散歩《さんぽ》から帰《かえ》ってきた。

「ただいま。おっ、精《せい》が出《で》るねぇ、感心感心《かんしんかんしん》」

「あら、おかえりなさい。今朝《けさ》は寒《さむ》かったでしょう。ご飯《はん》の用意《ようい》できてますから、お義父《とう》さんもどうぞ」

声《こえ》を聞《き》きつけたお母《かあ》さんが、手《て》を拭《ふ》きながら台所《だいどころ》から顔《かお》を出《だ》す。

茶《ちゃ》の間《ま》ではお父《とう》さんが一人《ひとり》、コタツに座《すわ》って新聞《しんぶん》を見《み》ながらご飯《はん》を食《た》べてる。いつもはオレが学校《がっこう》に行《い》く時間《じかん》に合《あ》わせて一緒《いっしょ》に食《た》べるんだけど、昔《むかし》はどうやらお店《みせ》の掃除《そうじ》を先《さき》に済《す》ませてから朝食《ちょうしょく》、という順番《じゅんばん》だったらしい。そして普段《ふだん》なら、これは専《もっぱ》らお父《とう》さんの役目《やくめ》みたいなんだけど、オレの申《もう》し出《で》で余裕《よゆう》ができたらしく、「ちょっと優雅《ゆうが》なブレックファーストになるな」って喜《よろこ》んでくれた。

でっかい洗濯《せんたく》カゴを持《も》ったまま階段《かいだん》を上《あ》がるのは、思《おも》った以上《いじょう》に重労働《じゅうろうどう》だった。湿《しめ》ったタオルが山積《やまづ》みされてて結構重《けっこうおも》い上《うえ》に、カゴで足元《あしもと》の段差《だんさ》が見《み》えず、踏《ふ》み外《はず》さないように気《き》を遣《つか》わなきゃいけない。

物干《ものほ》しが二階《にかい》のベランダにあるから仕方《しかた》ないんだけど、何《なん》でわざわざお父《とう》さんが運《はこ》ぶ係《かかり》になったのかが納得《なっとく》できた。これじゃ、今《いま》のお母《かあ》さんには危険極《きけんきわ》まりないもんな。

二階《にかい》に上《あ》がり、向《む》かって表側《おもてがわ》、つまりお店側《みせがわ》に曲《ま》がると、仏壇《ぶつだん》をまつった広《ひろ》めの客間《きゃくま》がある。そこは親戚《しんせき》の人《ひと》たちが集《あつ》まった時《とき》に皆《みんな》でお酒《さけ》を飲《の》んだりする座敷《ざしき》で、普段《ふだん》はあんまり使《つか》われていない。

対《たい》して裏側《うらがわ》に曲《ま》がると、オレ（コウちゃん）の部屋《へや》とお父《とう》さん（たち）の寝室《しんしつ》、そして納戸《なんど》と、部屋《へや》が三《みっ》つあって。洗濯《せんたく》カゴは予想通《よそうどお》り、この一番奥《いちばんおく》の納戸《なんど》に運《はこ》ぶように言《い》われた。

子供部屋《こどもべや》と寝室《しんしつ》は隣同士《となりどうし》で、どっちもドアノブで開《あ》け閉《し》めする洋風《ようふう》の造《つく》りなんだけど、この部屋《へや》だけは引《ひ》き戸《ど》の和室《わしつ》で、ちょうど廊下《ろうか》のつき当《あ》たりが入《い》り口《ぐち》になってる。

ここって中《なか》に入《はい》ると、いきなり正面《しょうめん》に大《おお》きな本棚《ほんだな》がどーんと待《ま》ち構《かま》えてて圧倒《あっとう》されちゃうんだよな。色《いろ》とりどりの背表紙《せびょうし》が上《うえ》から下《した》まで隙間《すきま》なくビッシリ並《なら》んでて、まるで図書館《としょかん》にでも来《き》たみたい。その本棚《ほんだな》の隣《となり》には、見《み》るからに年代《ねんだい》ものの貫禄《かんろく》を漂《ただよ》わす重厚《じゅうこう》な箪笥《たんす》が二《ふた》つもあって。上《うえ》にはそれぞれ、ガラスケースに入《はい》った五月人形《ごがつにんぎょう》やら木彫《きぼ》りの熊《くま》やら、色《いろ》んな形《かたち》の花瓶《かびん》やらが所狭《ところせま》しと置《お》いてある。

向《む》かい側《がわ》はと言《い》えば、やたらと食器類《しょっきるい》がたくさん入《はい》った茶箪笥《ちゃだんす》や、扉《とびら》の蝶番《ちょうつがい》が壊《こわ》れかかってる洋服《ようふく》ダンス、お店《みせ》で使《つか》い古《ふる》した陳列棚《ちんれつだな》などが同《おな》じようにギッシリ壁《かべ》に押《お》し付《つ》けられてるし。

元々《もともと》そんなに広《ひろ》い部屋《へや》じゃないのに、こんな『木製高層《もくせいこうそう》ビル群《ぐん》』に囲《かこ》まれてるもんだから余計《よけい》に通《とお》り道《みち》が狭《せま》く感《かん》じちゃう。

でも狭《せま》いと言《い》ったら、年中開《ねんじゅうあ》けっ放《ぱな》しになってるこの障子《しょうじ》の向《む》こうだ。敷居《しきい》からそっちは、軽《かる》く両足跳《りょうあしと》びで越《こ》えられるくらいの短《みじか》いフローリングで、脇《わき》の方《ほう》に針金《はりがね》ハンガーとか折《お》りたたみ式《しき》のやつとか洗濯《せんたく》バサミ類《るい》とかの『物干《ものほ》し用《よう》アイテム』がまとめて置《お》かれてる。

要《よう》するにただの『プチ物干《ものほ》し部屋《べや》』なんだけど。修理部屋同様《しゅうりべやどうよう》、何《なん》かこういう場所《ばしょ》って妙《みょう》に落《お》ち着《つ》くと言《い》うか、そそられると言《い》うか……オレって、もしかして狭《せま》いところが好《す》きなのかな。

「ごめんね、重《おも》かったでしょう。ここ二《に》、三日《さんにち》、お天気《てんき》がよくなかったから、大《おお》きい洗濯物《せんたくもの》がたまってたのよー」

ちょうどカゴを床《ゆか》に置《お》いたところで、お母《かあ》さんが部屋《へや》に入《はい》ってくる。

「ここまででいいわよ。ありがとねー、聖時《せいじ》くん」

「いえ……」

俯《うつむ》いた視界《しかい》の端《はし》を、丸《まる》く膨《ふく》らんだエプロンが横切《よこぎ》ったかと思《おも》うと、サッシの開《あ》く音《おと》に合《あ》わせてスーッと、冷《つめ》たい空気《くうき》が入《はい》り込《こ》んできた。

「はぁ。寒《さむ》いわねぇ」

放射冷却《ほうしゃれいきゃく》ってやつなのかな、すごくいい天気《てんき》だけど空気《くうき》が冷《ひ》えきっていて、吐《は》く息《いき》がタバコの煙《けむり》みたいに立《た》ち上《のぼ》ってゆく。

「よいしょ、っと。ふぅー」

階段《かいだん》じゃなくても、重《おも》い物《もの》を抱《かか》え持《も》つのは見《み》るからに大変《たいへん》そうだ。

手伝《てつだ》った方《ほう》がいいかな。いや、手伝《てつだ》うべきだろう。いや、手伝《てつだ》いたいぞオレは。

「あの……僕《ぼく》が、出《だ》しますから」

「んー、そうね。やっぱり、お願《ねが》いしちゃおうかな。ごめんなさいね」

サンダルを履《は》き、言《い》われたとおりカゴをあっち端《はし》(物干《ものほ》し竿《ざお》の最後尾《さいこうび》)に運《はこ》ぶ。

ベランダはひと繋《つな》がりになってるから、外側《そとがわ》からは各部屋《かくへや》の前《まえ》を自由《じゆう》に行《い》き来《き》できるようになってて。今日《きょう》みたいにでっかい洗濯物《せんたくもの》が多《おお》い日《ひ》は、端《はし》から端《はし》までズラーっとシーツやタオルが並《なら》ぶらしい。ベランダのフル活用《かつよう》だ。現代《げんだい》のオレん家《ち》ではあんまり見《み》かけない光景《こうけい》が広《ひろ》がりそう。

「聖時《せいじ》くんがいてくれて本当《ほんとう》に助《たす》かったわ、ありがとう」

心地《ここち》のよい充実感《じゅうじつかん》にふと顔《かお》を上《あ》げたら、からりと澄《す》み渡《わた》った空《そら》のすぐそこで、冬《ふゆ》の太陽《たいよう》が微笑《ほほえ》んでるみたいにこちらを見《み》ていた。

「寒《さむ》いから、あとはお部屋《へや》でゆっくりしてて。もう大丈夫《だいじょうぶ》だから。ね？」

「あ、はい……」

って、また俯《うつむ》きかけたんだけど。

急《きゅう》に湧《わ》き上《あ》がってくる焦《あせ》りに似《に》た衝動《しょうどう》が、再《ふたた》び顔《かお》を上《あ》げさせた。

「あの」

「ん？　なあに？」

確《たし》かに、この格好《かっこう》じゃ日《ひ》なたでも結構寒《けっこうさむ》いかもしれないし、この後《あと》は何《なに》も手伝《てつだ》うことがないかもしれない。

だけど……

「えっと、あの」

お母《かあ》さんがいる朝《あさ》のベランダは、高原《こうげん》の微風《そよかぜ》みたいに爽《さわ》やかで。この冷《つめ》たい空気《くうき》さえも、今《いま》のオレには何《なん》だか清々《すがすが》しくて、とっても優《やさ》しく感《かん》じられて……違《ちが》うな。格好《かっこう》つけても始《はじ》まんないよな。

「あの、つまり、その、もう少《すこ》しオレ、何《なん》て言《い》うか……」

お母《かあ》さんの傍《そば》にいると、胸《むね》の中《なか》がすごくポカポカしていい気分《きぶん》なんだ。喜《よろこ》んでくれることを、もっともっとしてあげたくなるんだ。

そして、そんなふうに思《おも》えるのが嬉《うれ》しいって言《い》うか、そういう自分《じぶん》が好《す》きになりかけてるって言《い》うか……うまく言《い》えないけど、とにかく、こんな気持《きも》ちになるのは初《はじ》めてで。ずっとこんな自分《じぶん》でいられたらいいなって、そう思《おも》って。だから……

「ん？」

「あ、いえ、すみません。何《なん》でもないです……」

お母《かあ》さんは太陽《たいよう》みたいに微笑《ほほえ》んだままそこで待《ま》ってくれてるのに、どうしても言葉《ことば》にできなくて。結局《けっきょく》また俯《うつむ》いちまった。

何《なん》かオレ、変《へん》な子《こ》みたいでいやだなぁ。

「今日《きょう》は本当《ほんとう》にいい天気《てんき》ねぇ」

少《すこ》しの間《ま》のあと、部屋《へや》に戻《もど》ろうとしないオレを気遣《きづか》ってか、手《て》は忙《いそが》しくシーツのしわを伸《の》ばしながらも普通《ふつう》に話《はな》しかけてくれて。ちょっとホッとした。

「聖時《せいじ》くんって偉《えら》いわよね。自分《じぶん》から進《すす》んでお手伝《てつだ》いしようって思《おも》うんだから。こういう小《ちい》さなところからボランティア精神《せいしん》って生《う》まれるのよね。本当《ほんとう》に素晴《すば》らしいことよ？」

「いえ、そんなこと、ないです」

本当《ほんとう》に。そういう立派《りっぱ》な動機《どうき》じゃないから。

「偉《えら》いわよぉ、浩一《こういち》なんか全然《ぜんぜん》だもの」

オレだって、特別《とくべつ》いい子《こ》じゃないよ。

って言《い》うかむしろ、自分《じぶん》ではあんまりいい子《こ》じゃないとさえ、思《おも》ってる。

ただオレは……

「あの子《こ》も、ほんの少《すこ》しでも何《なに》か手伝《てつだ》ってくれたら、すごくすごく助《たす》かるんだけどねー」

ただオレは、オレはね、お母《かあ》さん……

「お家《うち》でも、いつもこうしてお母《かあ》さんのお手伝《てつだ》いしてるんでしょ？」

「え……」

「こういうのは、他所《よそ》のお家《うち》に行《い》って急《きゅう》にできることじゃないもの。ああ、聖時《せいじ》くんのお母《かあ》さんが羨《うらや》ましいなぁ。きっと、いつもあなたに感謝《かんしゃ》してると思《おも》うわよー？」


何気《なにげ》ない一言《ひとこと》だった。

だけどそれは、静《しず》けさの中《なか》で突然《とつぜん》鳴《な》り響《ひび》いた銃声《じゅうせい》のように、胸《むね》の奥《おく》を深《ふか》く抉《えぐ》った。

同時《どうじ》に、穏《おだ》やかだった湖畔《こはん》から鳥《とり》たちが一斉《いっせい》に飛《と》び去《さ》ってゆくような、やるせない情景《じょうけい》が脳裏《のうり》に広《ひろ》がった。

そうだよ。そうだった。

この人《ひと》は、オレにとっては紛《まぎ》れもなくお母《かあ》さんだけど、オレはまだ、このお母《かあ》さんの子《こ》供《ども》じゃないいんだよな。知《し》らない他所《よそ》の子《こ》、なんだよな……

平行線《へいこうせん》。どんなに近《ちか》づいても決《けっ》して交《まじ》わることのない、現実《げんじつ》というそれぞれの時間《じかん》のライン上《じょう》をオレたちは歩《ある》いてるんだ。

どうやら、ひとりよがりの白昼夢《はくちゅうむ》だったみたい。

タイムスリップした時《とき》の人間関係《にんげんかんけい》ってのがどういうものなのか、何《なん》となく分《わ》かってるつもりだったけど。やっぱりまた悲《かな》しくなってきちゃった。

鼻唄《はなうた》を歌《うた》いながら洗濯物《せんたくもの》を干《ほ》してるその笑顔《えがお》を見《み》てたら、急《きゅう》に独《ひと》り取《と》り残《のこ》されたような虚脱感《きょだつかん》が押《お》し寄《よ》せてきて。目《め》の前《まえ》に広《ひろ》げられたシーツで、頭《あたま》の中《なか》も真《ま》っ白《しろ》く覆《おお》われた気《き》がして途方《とほう》に暮《く》れた。


何《なん》だか、急《きゅう》に寒《さむ》さが身《み》にしみてきちゃった。


そろそろ中《なか》に入《はい》ろうかと思《おも》っていると、不意《ふい》にシーツの向《む》こうの黒《くろ》い影《かげ》が、ぼんやり遠《とお》ざかった。

「あら？　菜摘《なつみ》ちゃんだわ。学校《がっこう》はどうしたのかしら」

テンションが下《さ》がってたって、微風《そよかぜ》ボイスは耳《みみ》に心地《ここち》よくて。何《なん》だろうと横《よこ》に回《まわ》ってみると、

「変《へん》ねぇ、どこかにお出《で》かけするのかしらね」

手《て》すりのところから下《した》を覗《のぞ》き込《こ》んで、首《くび》を傾《かし》げてる。

そこに誰《だれ》かいるのかと、見下《みお》ろせる際《きわ》まで寄《よ》ろうとしたその時《とき》、

「あっ」

突然《とつぜん》、ビュンと強《つよ》い風《かぜ》が吹《ふ》いたかと思《おも》うと、ハンガーにセットしたばかりのワイシャツが手元《てもと》で煽《あお》られ、ふわりと宙《ちゅう》に舞《ま》った。

「あら、いけない。待《ま》って！」

慌《あわ》てて伸《の》ばしたお母《かあ》さんの手《て》をヒラリとかわし、骨組《ほねぐ》みの壊《こわ》れた『やっこ凧《だこ》』みたいに、よれよれと風《かぜ》に踊《おど》らされながら落《お》ちてゆく。同時《どうじ》に投《な》げ出《だ》された針金《はりがね》ハンガーは、アッと言《い》う間《ま》に見《み》えなくなっちまった。

思《おも》いがけない状況《じょうきょう》を目《ま》の当《あ》たりにして、ぽかーんとワイシャツの行方《ゆくえ》を追《お》っていると、お母《かあ》さんはこちらを振《ふ》り返《かえ》り、

「やだ、どうしよう。飛《と》んでっちゃったわ」

そう言《い》って、クラスの女子《じょし》がやるみたいに口元《くちもと》を両手《りょうて》で覆《おお》い、目《め》を真《ま》ん丸《まる》くさせた。

そしたら、何《なん》だろう、その顔《かお》を見《み》た瞬間《しゅんかん》、無意識《むいしき》に手《て》をグッと握《にぎ》り締《し》めていて。ついには、頭《あたま》の中《なか》でパチンッと勢《いきお》いよくスイッチが入《はい》った。

「あの、オレ！　あ、僕《ぼく》が取《と》ってきます！」

気《き》がつくと、サッシに手《て》をかけ、サンダルを脱《ぬ》いでいた。

こういうのを喜《よろこ》んだり、チャンスだなんて思《おも》うのはおかしいんだろうけど。

こういうことでしか、お母《かあ》さんに自《じ》分《ぶん》の存《そん》在《ざい》を認《みと》めてもらえない気《き》がして。って言《い》うか、
やっぱり、お母《かあ》さんのために何《なに》かしてあげたいと思《おも》うこの気《き》持《も》ちが、たまらなく楽《たの》しくて
嬉《うれ》しくて。

「聖《せい》時《じ》くん、いいのよ？　あとで私《わたし》が拾《ひろ》いに行《い》くから」

「行《い》ってきますっ！」

待《ま》っててね、お母《かあ》さん。オレがちゃんと拾《ひろ》ってくるから、見《み》ててね――

前《まえ》にはまってた、お姫《ひめ》様《さま》を助《たす》け出《だ》すロールプレイングゲーム。

なぜかオレは、そのゲームの雄《ゆう》大《だい》なオープニング曲《きょく》を頭《あたま》に思《おも》い浮《う》かべながら、宝《たから》物《もの》を探《さが》す旅《たび》に出《で》る勇《ゆう》者《しゃ》のように勢《いきお》い勇《いさ》んで納《なん》戸《ど》を飛《と》び出《だ》した。

3

裏口《うらぐち》のドアを開《あ》けると、冷《つめ》たい突風《とっぷう》が待《ま》ち構《かま》えていたかのようなスピードで体当《たいあ》たりしてきやがった。

お前《まえ》か、お母《かあ》さんとワイシャツを襲《おそ》ったのは。寒《さむ》いけど負《ま》けてなんかいられるか。オレは今《いま》、燃《も》えてるんだ。

容赦《ようしゃ》なく次々《つぎつぎ》と攻撃《こうげき》を仕掛《しか》けてくる北風《きたかぜ》に応戦《おうせん》して、真《ま》っ向《こう》から立《た》ち向《む》かうんだけど、どうしても息《いき》が苦《くる》しくなって。思《おも》わず顔《かお》を背《そむ》けたら、日陰《ひかげ》にできた小《ちい》さな水溜《みずた》まりに薄《うっす》らと氷《こおり》が張《は》ってるんだもん、どうりで寒《さむ》いわけだ。

呼吸《こきゅう》するタイミングを奪《うば》われながらも何《なん》とか角《かど》を曲《ま》がると、風当《かぜあ》たりは大分弱《だいぶよわ》まったもののの、庭《にわ》の木々《きぎ》もカサカサと寒《さむ》そうに震《ふる》えていた。

庭《にわ》と言《い》っても、隣《となり》の靴屋《くつや》さんのそれと比《くら》べたなら、うちのはオマケみたいなもんだ。建《たて》物《もの》に沿《そ》ってやたらと細長《ほそなが》く、土《つち》の部分《ぶぶん》なんて、街路樹《がいろじゅ》が植《う》えられてる中央分離帯《ちゅうおうぶんりたい》ほどでしかないし。とにかく、ショボいってこと。

お父《とう》さんの話《はなし》だと、昔《むかし》はそれなりに庭《にわ》らしい広《ひろ》さがあったらしいんだけど、お店《みせ》の改装《かいそう》時《じ》に家自体《いえじたい》も増築《ぞうちく》したもんだから、そのスペースが削《けず》られて犠牲《ぎせい》になっちゃったんだって。だから今《いま》は、秋《あき》になると赤《あか》い実《み》をつける木《き》とか、冬《ふゆ》でも葉《は》っぱが枯《か》れないやつとかが、こんなふうにうちと隣《となり》の敷地《しきち》とを区別《くべつ》するための垣根程度《かきねていど》に並《なら》んでるだけ。

「見《み》つけ、っと」

針金《はりがね》ハンガーは楽勝《らくしょう》だった。

線《せん》は細《ほそ》いけどピンク色《いろ》で目立《めだ》つ上《うえ》に、落《お》とした位置《いち》のほぼ真下《ました》にあって。しかも建物《たてもの》の外周《がいしゅう》を囲《かこ》むコンクリート面上《めんじょう》に転《ころ》がってたから、一瞬《いっしゅん》で見《み》つけることができた。

問題《もんだい》はワイシャツだ。上《うえ》から見《み》てた感《かん》じだと、どう考《かんが》えてもこの敷地内《しきちない》に収《おさ》まってるとは思《おも》えない。湿《しめ》って重《おも》かったとは言《い》え、あの風《かぜ》だ。

運《うん》よく木《き》の枝《えだ》に引《ひ》っ掛《か》かってないかと、一本一本隈《いっぽんいっぽんくま》なく見《み》て回《まわ》ったけど、枝《えだ》の隙間《すきま》に見《み》える白《しろ》は、何《いず》れも青空《あおぞら》をゆく流《なが》れの速《はや》い巻雲《まきぐも》ばかりだった。

「仕方《しかた》ない。潜入開始《せんにゅうかいし》だ」

たぶん、風《かぜ》の巻《ま》き具合《ぐあい》からして隣《となり》の庭《にわ》まで飛《と》んでった可能性《かのうせい》が高《たか》い。って言《い》うか、絶対《ぜったい》そうに決《き》まってる。

なんて。実《じつ》はどの辺《へん》に落《お》ちたのかも、だいたいの見当《けんとう》はついてるし、この垣根《かきね》をくぐれば、すぐ向《む》こう側《がわ》に抜《ぬ》けられることもよく知《し》ってたりする。

だったら、何《なん》の苦労《くろう》もないんだから、『潜入《せんにゅう》』とか大袈裟《おおげさ》なこと言《い》ってもったいつけてないで早《はや》く取《と》ってこいよ、って感《かん》じなんだけど。そう簡単《かんたん》にはいかないのが現実《げんじつ》ってやつで。

と言《い》うのも、ちょうどこの垣根《かきね》の向《む》こうには、ホクホクした黒土《くろつち》で敷《し》き詰《つ》められた花壇《かだん》があり、黄色《きいろ》や紫色《むらさきいろ》の花《はな》が足《あし》の踏《ふ》み場《ば》もないくらいたくさん咲《さ》いてて。小《ちい》さい頃《ころ》、靴屋《くつや》のお婆《ばあ》さんに「いつでも遊《あそ》びに来《き》ていいよ。でもお花《はな》は踏《ふ》まぬように、表《おもて》からおいで」と、やんわりと注意《ちゅうい》されたことがあったから、何《なん》となく気《き》がひけちゃうんだよな。

ちなみに、花壇《かだん》はそこだけに限《かぎ》らず敷地《しきち》を縁取《ふちど》るように形作《かたちづく》られ、中央《ちゅうおう》にも鉢植《はちう》えが雛《ひな》壇《だん》みたいに積《つ》まれて並《なら》んでる。侵入《しんにゅう》を阻止《そし》する華《はな》やかなバリケードといい、まるで『花《はな》の要塞《ようさい》』だ。

「やっぱり、あそこから突破《とっぱ》するしかないよな」

仕方《しかた》なく、プロパンガスのボンベが並《なら》んでるところまで戻《もど》り、ちょっと悩《なや》んだけど境界《きょうかい》線《せん》のブロック塀《べい》をよじ登《のぼ》ることにした。

塀《へい》はオレの背《せ》より少《すこ》し高《たか》いくらいだから余裕《よゆう》だし、この向《む》こうは確《たし》か花壇《かだん》はなく砂利敷《じゃりじ》きになってるだけだから、着地《ちゃくち》で花《はな》を折《お》る心配《しんぱい》もないはず。そしてベランダからも庭《にわ》からも死角《しかく》になってる場所《ばしょ》とくれば、もう。

いいか、これは任務《にんむ》だ。お母《かあ》さんのためによいことをしようとしてるんであって、決《けっ》して悪《わる》いことをしようとしてるんじゃない。

そう自分《じぶん》に言《い》い聞《き》かせつつ、かじかんでる手《て》に息《いき》を吐《は》きかけながら気合《きあい》を入《い》れた。

「よっ、っと」

鉄棒《てつぼう》の時《とき》みたく、塀《へい》に掛《か》けた両手《りょうて》を支点《してん》に勢《いきお》いよく跳《と》び上《あ》がり、腰《こし》まで引《ひ》き上《あ》げたら一気《いっき》に右足《みぎあし》を乗《の》せる。そう言《い》えば、こういうことするの久《ひさ》しぶりだな。

下《した》を覗《のぞ》いてゆっくり視線《しせん》を動《うご》かしていくと、小《ちい》さなプレハブ物置《ものおき》の脇《わき》に、不自然《ふしぜん》なほど真《ま》っ白《しろ》な布《ぬの》がクタッと蹲《うずくま》っているのが見《み》えた。

「ほらね、やっぱりだ」

ターゲット発見《はっけん》。予想通《よそうどお》りだ。

あの位置《いち》だと、ここから飛《と》び降《お》りてダッシュすれば、三十秒《さんじゅうびょう》くらいで戻《もど》って来《こ》れるかな。

いや、もっと速《はや》くやらなくちゃ。人目《ひとめ》につきにくい袋小路《ふくろこうじ》とは言《い》え、時間《じかん》のロスは命取《いのちと》りになりかねない。何《なん》と言《い》ってもスピード勝負《しょうぶ》だ。

左足《ひだりあし》を引《ひ》き上《あ》げ完全《かんぜん》な戦闘態勢《せんとうたいせい》に入《はい》ると、頭《あたま》の中《なか》に流《なが》れるBGMが、最後《さいご》のボスキャラを追《お》い詰《つ》めた時《とき》のクライマックス曲《きょく》に切《き》り替《か》わる。

「よし。いくぞ」

恐《おそ》れるものなどない、勇者《ゆうしゃ》の心意気《こころいき》。

オレは、ドキドキとワクワクが入《い》り混《ま》じった程《ほど》よい緊張感《きんちょうかん》を胸《むね》に、勝利《しょうり》を確信《かくしん》してブロック塀《べい》を静《しず》かに蹴《け》りだした……のだが。

「！」

まさに飛《と》び降《お》りるその瞬間《しゅんかん》、突然人影《とつぜんひとかげ》が視界《しかい》のすみっこを掠《かす》めやがった。

この状況《じょうきょう》で、慌《あわ》てる余裕《よゆう》なんかあるもんか。「うわ、やばッ！　何《なん》でよりによってこのタイミングで人《ひと》が来《く》るんだよ！」の『うわ』すら叫《さけ》ぶ間《ま》もなくオレは、見事《みごと》に、

ガチンッ
着地《ちゃくち》に失敗《しっぱい》した。

「痛《いた》っ」

「くぅぅ……」

一瞬《いっしゅん》の動揺《どうよう》が、自《みずか》らの顎《あご》に自《みずか》ら膝蹴《ひざげ》りを食《く》らわせちまった。いや、逆《ぎゃく》か。自分《じぶん》の膝《ひざ》に自《じ》分《ぶん》から顎《あご》を打《う》ちつけたのであった。

って、そんなことどっちでもいい。とにかく、もう、超最悪《ちょうさいあく》。だってこの瞬間《しゅんかん》のオレは、誰《だれ》がどう見《み》たって不法侵入《ふほうしんにゅう》の現行犯《げんこうはん》じゃんか。ヤバすぎる。非常事態《ひじょうじたい》だ！

どうにかしなくちゃって焦《あせ》るんだけど、顎《あご》は痛《いた》いし、何《なに》より、ものすごい勢《いきお》いで嚙《か》み合《あ》わさった歯《は》の衝撃《しょうげき》が頭全体《あたまぜんたい》にまで響《ひび》き渡《わた》って。もちろん、情《なさ》けない格好《かっこう》なのは承知《しょうち》の上《うえ》だよ。でも、女々《めめ》しく顔《かお》を手《て》で覆《おお》いながら蹲《うずくま》るしかなかった。

調子《ちょうし》に乗《の》ってアホなまねをしたもんだ、六年《ろくねん》にもなって。という後悔《こうかい》で精神的《せいしんてき》にも打《う》ちひしがれつつ身動《みうご》きできないでいると、指《ゆび》の間《あいだ》に垣間見《かいまみ》える灰白色《かいはくしょく》の世界《せかい》から、ゆっくり、シャリ、シャリ…と、こちらに近《ちか》づいてくる足音《あしおと》が聞《き》こえてきた。

「ああ、何《なん》てこった。もう終《お》わりだ」

人生最大《じんせいさいだい》のピンチだ！　と思《おも》いきや、敵《てき》は何《なに》やら思《おも》い出《だ》したように小《ちい》さな声《こえ》を上《あ》げて、ジャリジャリと別《べつ》の方《ほう》へ駆《か》け出《だ》したようだ。

しかし、遠《とお》ざかる足音《あしおと》にホッと一息《ひといき》つく間《ま》もなく、すぐにまた小刻《こきざ》みな砂利《じゃり》の音《おと》がこちらへと近《ちか》づいてくる。

今更逃《いまさらに》げ出《だ》すこともできず、半泣《はんな》き状態《じょうたい》でジッと息《いき》を潜《ひそ》めていると、やがて狭《せま》い視《し》野《や》の端《はし》っこに、甘《あま》ったるいピンク色《いろ》をした小《ちい》さな靴《くつ》が入《はい》り込《こ》んできた。

「……」

やって来《き》たのが、どうやら小《ちい》さい女《おんな》の子《こ》みたいだと分《わ》かって、ちょっと気《き》が抜《ぬ》けちゃった。黙《だま》ってるのは、さすがに警戒《けいかい》してるからだよな。

でも一体誰《いったいだれ》なんだろう。隣《となり》はお爺《じい》さんとお婆《ばあ》さん、二人暮《ふたりぐら》しのはずなんだけど。昔《むかし》は他《ほか》にも人《ひと》が住《す》んでたってことか。

いや、そんなことより、目《め》の前《まえ》の現実《げんじつ》にどう対処《たいしょ》したらいいかを考《かんが》えるのが先《さき》だ。

まぁ、幸《さいわ》い相手《あいて》は子供《こども》だ。明《あき》らかにオレの方《ほう》が優勢《ゆうせい》なんだから冷静《れいせい》にいこう。

まずは怪《あや》しい人間《にんげん》じゃないってことをアピールすべきだよな。親《した》しみを感《かん》じさせる、何《なに》か子供《こども》ウケしそうなことをやってみせるとか。

この体勢《たいせい》からだったら、『いないいないばあ』が自然《しぜん》な流《なが》れか。けど、その後《あと》のリアクションが怖《こわ》いな。びっくりして泣《な》き出《だ》したら元《もと》も子《こ》もないし。

でも他《ほか》に何《なに》があるってんだ。んー困《こま》ったぞ、ずっとこうしてるのも不自然《ふしぜん》だし。

どうしよう……


「どうちて、ないてんの？」

あれこれ策《さく》を練《ね》っていると、不意《ふい》に上《うえ》から幼《おさな》い声《こえ》が話《はな》しかけてきた。

そうか。泣《な》いてるようにも見《み》えるんだ。

せっかくだからと、何《なに》かそれに便乗《びんじょう》できそうな妙案《みょうあん》がないもんか頭《あたま》を巡《めぐ》らせていると、今度《こんど》はなぜかヒソヒソ声《ごえ》（と言《い》っても却《かえ》って大《おお》きな声《こえ》）になって、「これを、しゃがちてんの？」と、囁《ささや》き（叫《さけ》び）ながら歩《あゆ》み寄《よ》ってくる。そしたら、急《きゅう》に指《ゆび》の隙間《すきま》の景色《けしき》が真《ま》っ白《しろ》く覆《おお》われて。

「えっ」

まさかと思《おも》い顔《かお》を上《あ》げると、フードをすっぽり被《かぶ》った赤《あか》いダウンの女《おんな》の子《こ》が、なんと目《め》の前《まえ》にあのワイシャツを突《つ》き出《だ》しているではないか。

しかも、不法侵入者《ふほうしんにゅうしゃ》を怖《こわ》がるどころか、犬《いぬ》や猫《ねこ》でも愛《め》でるかのようにかわいらしく首《くび》を傾《かし》げちゃったりなんかして。

呆気《あっけ》にとられてると、そのダウンバージョンの赤《あか》ずきんちゃんは、もこもこした短《みじか》い腕《うで》を更《さら》にぴんと伸《の》ばして、「はい、どうじょ」と、オレの顔《かお》を覗《のぞ》き込《こ》んだ。

「あ、ありがと……」

思《おも》いがけなさすぎて戸惑《とまど》いながら受《う》け取《と》ったら、何《なん》だかよく分《わ》かんないけど「やっぱーり」とか何《なん》とか小声《こごえ》で言《い》いながら、満面《まんめん》の笑《え》みを浮《う》かべて嬉《うれ》しそうにしてる。あれ、この子《こ》どっかで見《み》た子《こ》だな。

それにしても、これを取《と》りに来《き》たのがよく分《わ》かったな。素晴《すば》らしく機転《きてん》が利《き》く子《こ》だ。お陰《かげ》で、どうやら面倒《めんどう》なことにならずに済《す》みそう。

「本当《ほんとう》に助《たす》かったよ。ありがとね」

自分《じぶん》の手《て》で拾《ひろ》えなかったのはちょっと不本意《ふほんい》だったけど、結果《けっか》オーライだ。そんなことより、もう一刻《いっこく》も早《はや》くお母《かあ》さんの喜《よろこ》ぶ顔《かお》が見《み》たくなって。

オレは、顎《あご》の痛《いた》みを堪《こら》えつつ勢《いきお》いよく立《た》ち上《あ》がると、一応《いちおう》去《さ》り際《ぎわ》に感謝《かんしゃ》の気持《きも》ちで軽《かる》く手《て》を振《ふ》りながらも、そそくさと女《おんな》の子《こ》に背《せ》を向《む》けた。

が、塀《へい》に手《て》をかけたところで、またもや不可解《ふかかい》なヒソヒソ声《ごえ》に耳《みみ》を引《ひ》っ張《ぱ》られた。

「もう、おしょらにかえっちゃうでしゅか？」

「へ？」

その意味不明《いみふめい》な問《と》いかけに思《おも》わず振《ふ》り返《かえ》ると、大《おお》きな黒目《くろめ》がこちらを真《ま》っ直《す》ぐ見上《みあ》げながら、「ももか、いいこだから、かくしゃなかったーの」って。ナニ言《い》ってんだ、この子《こ》。

わけ分《わ》かんないし面倒《めんどう》くさいから、適当《てきとう》に返事《へんじ》してよじ登《のぼ》ろうとしたら、向《む》こうの方《ほう》からまたジャリジャリと足音《あしおと》が聞《き》こえてきた。

「百香《ももか》、何《なに》してるのー、もう行《い》くよー、早《はや》くおいでー！」

もう最悪《さいあく》。また誰《だれ》か来《き》やがった。しかも今度《こんど》の敵《てき》は明《あき》らかに高学年《こうがくねん》かそれ以上《いじょう》、少《すく》なくともオレより年下《としした》だとは思《おも》えない声色《こわいろ》ときてる。

参《まい》ったなぁ、いよいよヤバイかも。

再度訪《さいどおとず》れたピンチにジタバタする間《ま》もなく、向《むか》い風《かぜ》に煽《あお》られたチェックのマフラーが、おでこを全開《ぜんかい》にしてこちらへ走《はし》ってきた。

「百香《ももか》、ほら早《はや》く……え、コウ、ちゃん？」

そのショートヘアのボーイッシュな子《こ》は、オレを見《み》つけるなり目《め》を丸《まる》くしたようだったが、途端《とたん》に、

「違《ちが》う。やだ、誰《だれ》？　こんなところで何《なに》してんの？　さては、あんた……」

と言《い》いかけて、マフラー越《ご》しに口《くち》を押《お》さえた。

すると、百香《ももか》と呼《よ》ばれたその小《ちい》さい女《おんな》の子《こ》が、何《なに》を思《おも》ったのかスッと前《まえ》に立《た》ちはだかり、

「おねーちゃん、ちがうよ。このひと、パンチィをぬしゅみにきたんじゃないよ」

って、おい。オレはいつの間《ま》に下着泥棒《したぎどろぼう》の容疑者《ようぎしゃ》にさせられたんだ⁉

納得《なっとく》いかなくてオレからも反論《はんろん》しようとしたら、そのお姉《ねえ》ちゃんと呼《よ》ばれたボーイッシュな子《こ》は眉間《みけん》にしわを寄《よ》せ、俯《うつむ》き加減《かげん》で、

「ちょ、ちょっとぉ、そろそろちゃんとした発音覚《はつおんおぼ》えてよ〜。パ、ン、ジ、ィ、でしょ？　こっちが恥《は》ずかしくなるよ、もう」

と言《い》って顔《かお》を赤《あか》くした。

なんだ、そういうことか。やってもないのに焦《あせ》っちゃったじゃんかよ。勘弁《かんべん》してくれよ、まったく。

「でも。お花泥棒《はなどろぼう》じゃないとしたら、何《なに》しに来《き》たの？　何《なん》でこんなところにいるの？　や

だ、まさか本当《ほんとう》にパンツを……」

「だから違《ちが》うって！」

冗談《じょうだん》じゃない。濡《ぬ》れ衣《ぎぬ》にもほどがあるぞ。って言《い》うか、そんな趣味《しゅみ》のある小学生《しょうがくせい》なんて聞《き》いたことないし。

いくらなんでも、史上最年少変態《しじょうさいねんしょうへんたい》ボーイと勘違《かんちが》いされるのだけはごめんだ。

こうなったら正直《しょうじき》に打《う》ち明《あ》けて分《わ》かってもらおうと思《おも》ったのだが、そこへまたもや、もこもこと赤《あか》ずきんちゃんが割《わ》って入《はい》った。

「このひとはねぇ、『はもごろ』をしゃがしにきたんだよ。ももかがね、みつけてあげたーの」

「ハモゴロ？」

「うん。おしょとをみてたらね、おしょらからふわふわーってとんできたからね、おいかけてきたらね、ここで、えんえんってないてたーの。おしょらにかえれないと、かわいしょかわいしょおもってね、いじわるしないで、ちゃんとかえしてあげたーの」

舌足《したた》らずながら、息継《いきつ》ぎするのも惜《お》しいと言《い》わんばかりに一生懸命話《いっしょうけんめいはな》す。

すると、最初《さいしょ》は難《むずか》しい顔《かお》をして耳《みみ》を傾《かたむ》けていたボーイッシュな子《こ》が、オレの手元《てもと》に目《め》を

留《と》めるや否《いな》や、何《なに》やら思《おも》い出《だ》したように頷《うなず》きだし、急《きゅう》に口元《くちもと》をほころばせた。

「そっか、隠《かく》さずにちゃーんと返《かえ》してあげたのね？　偉《えら》いね百香《ももか》。いい子《こ》いい子《こ》」

しゃがみ込《こ》んで優《やさ》しく頭《あたま》を撫《な》でてる姿《すがた》は、いかにも面倒見《めんどうみ》のいいお姉《ねえ》ちゃんって感《かん》じの図《ず》で。

もちろん、それはそれで何《なん》の問題《もんだい》もないんだけど、何《なん》でこちらを見《み》ながらクスクス笑《わら》いだしたのかがさっぱり分《わ》かんなくて。一人《ひとり》ぽかーんとしてたら、はにかんだ赤《あか》ずきんちゃんが、例《れい》のよく聞《き》こえるヒソヒソ声《ごえ》でお姉《ねえ》ちゃんの耳元《みみもと》に囁《ささや》いた。

「てんにょしゃんに、あったことは、ふたりのひみちゅねッ？」

「うん。百香《ももか》とお姉《ねえ》ちゃん、二人《ふたり》だけの秘密《ひみつ》ね？」

そのやり取《と》りに、オレが自分《じぶん》を指差《ゆびさ》して「テンニョシャン？」と目《め》で問《と》いかけると、口《くち》元《もと》を隠《かく》すように覆《おお》ったチェックのマフラーが、頷《うなず》きながら苦《くる》しそうに笑《わら》いを堪《こら》えていた。

4

「はっはっは、なるほど。飛《と》んできたワイシャツが、天《あま》の羽衣《はごろも》に見《み》えたというわけだね？」

お爺《じい》ちゃんは、笑《わら》いながら作業机《さぎょうづくえ》の上《うえ》にお盆《ぼん》を置《お》くと、

「色々《いろいろ》と手伝《てつだ》ってくれて、ほんに助《たす》かると諒子《りょうこ》さんも喜《よろこ》んでおったよ。まぁ、午後《ごご》はゆっくりしなさい」

と言《い》って、隅《すみ》の方《ほう》から木《き》でできた丸《まる》い三脚椅子《さんきゃくいす》を持《も》ってきてくれた――

お昼《ひる》ご飯《はん》は、ファミレスに行《い》ったら注文率《ちゅうもんりつ》ほぼ百《ひゃく》パーセントってくらい大好物《だいこうぶつ》の、スパゲッティー・ミートソースだった。

ついつい、いつもの癖《くせ》で粉《こな》チーズをドバドバふりかけてたら、またお母《かあ》さんに「本当《ほんとう》に同《おな》じねー」って、笑《わら》われちゃった。

言《い》われてから、他所《よそ》の子《こ》として考《かんが》えれば図々《ずうずう》しいほど真《ま》っ白《しろ》になってることに気《き》づいて一瞬焦《いっしゅんあせ》ったけど、たぶん大丈夫《だいじょうぶ》だったろう。

何《なん》たってこのオレは、強敵《きょうてき》に奪《うば》われしワイシャツとハンガーを取《と》り戻《もど》したヒーロー。そして、お昼《ひる》ご飯《はん》のリクエスト権獲得《けんかくとく》という最高《さいこう》の栄誉《えいよ》を与《あた》えられたツワモノなんだから。

あの後《あと》、『パンチィ泥棒《どろぼう》』の濡《ぬ》れ衣《ぎぬ》は晴《は》れたものの、今度《こんど》はあの姉妹《しまい》を呼《よ》ぶお母《かあ》さんらしき人《ひと》の声《こえ》が聞《き》こえてきて。

また振《ふ》り出《だ》しに戻《もど》るのはごめんだったから、お姉《ねえ》ちゃんの方《ほう》に「コウちゃんの遠《とお》い親戚《しんせき》で、昨日《きのう》からあの家《うち》に遊《あそ》びに来《き》てる」と簡単《かんたん》に事情《じじょう》を説明《せつめい》して、有無《うむ》を言《い》わさず塀《へい》をよじ登《のぼ》った。

あの子《こ》らも急《いそ》いでたみたいで、それ以上何《いじょうなに》も追及《ついきゅう》せずに黙《だま》って戻《もど》っていったから助《たす》かったんだけど。

あ、でも、言《い》われたな、去《さ》り際《ぎわ》にまた。「てんにょしゃん、ばいばい」って、でっかいヒソヒソ声《ごえ》で。

天女《てんにょ》って、女《おんな》の人《ひと》だと思《おも》うんだけどなぁ。どうでもいいけどさ。


「どうぞ、冷《さ》めないうちに。口《くち》に合《あ》うといいんだがね」

差《さ》し出《だ》された手焼《てや》きっぽいごつごつした大《おお》きなカップ。とろみがかったようなキャラメル色《いろ》から立《た》ち上《のぼ》る湯気《ゆげ》が、ストーブの温《あたた》かさに溶《と》け込《こ》んで甘《あま》く漂《ただよ》う。

勧《すす》められるがままゆっくり口《くち》をつけると、思《おも》いがけず舌先《したさき》からちょっぴり苦《にが》めのチョコレートみたいな風味《ふうみ》が広《ひろ》がった。

「どうだね、わし特製《とくせい》のホットココアの味《あじ》は。見《み》た目《め》より甘《あま》くなく飲《の》みやすかろう」

本当《ほんとう》だ。あんまり甘《あま》くない。

「って言《い》うか、これ、マジ美味《うま》いです」

よく、大人《おとな》のふりして格好《かっこう》つけてとか言《い》われるんだけど、そうじゃないんだ。

オレどっちかって言《い》うと、ケーキとかのあのひたすら甘《あま》い味《あじ》は得意《とくい》じゃないから、このくらいがちょうどいいんだよな。

「それはよかった。君《きみ》なら好《この》みが合《あ》うと思《おも》ってね」

飲《の》みながら、『君《きみ》なら』っていう言《い》い回《まわ》しが何《なん》となく気《き》になって、どういう意味《いみ》なのかを聞《き》き返《かえ》すつもりで目《め》を疑問形《ぎもんけい》に見開《みひら》いてみたんだけど。どうやら意図《いと》は伝《つた》わらなかったらしく、

「まぁ、特製《とくせい》などと言《い》って、実《じつ》はただのインスタントなんだがね。ポイントは、お湯《ゆ》を使《つか》わずに牛乳《ぎゅうにゅう》だけで溶《と》くことと、砂糖《さとう》の代《か》わりに隠《かく》し味《あじ》でハチミツを少々《しょうしょう》混《ま》ぜること。健康《けんこう》にもいいいし、寒《さむ》い日《ひ》はこれに限《かぎ》る」

なんて得意《とくい》げに、ヒゲを指《ゆび》で弾《はじ》いてる。

「あの。それで、僕《ぼく》は何《なに》をすれば……」

「まぁまぁ、せっかくだから、ゆっくり話《はなし》でもしようじゃないか」

部屋《へや》に連《つ》れてこられる時《とき》、何《なに》か手伝《てつだ》ってほしい用事《ようじ》があるようなことを言《い》われた気《き》がするんだけど。どうもそういう雰囲気《ふんいき》じゃないんだよな。

「この年《とし》になると、気楽《きらく》な身分《みぶん》でね。時間《じかん》に追《お》われるでもなく、こうして好《す》きなことを一《いち》日中《にちじゅう》やっていられるんだが」

お爺《じい》ちゃんはそう言《い》いかけて、机《つくえ》の上《うえ》に置《お》いてあった機械《きかい》の塊《かたまり》をそっと手《て》に取《と》ると、あちこち角度《かくど》を変《か》えて眺《なが》めながら、

「時計《とけい》の修理《しゅうり》というのは、誠《まこと》に孤独《こどく》な作業《さぎょう》でね。ふと、無性《むしょう》に話《はな》し相手《あいて》が欲《ほ》しくなったりするもんなんだよ」

と言《い》って、にっこり微笑《ほほえ》んだ。

「それって、お客《きゃく》さんのですか？」

つまみ上《あ》げられたそれ。実《じつ》はさっきから気《き》になってたんだ。掛《か》け時計《どけい》の中身《なかみ》にしてはやけに小《ちい》さく、かと言《い》って腕時計《うでどけい》のそれにしては少《すこ》し大《おお》きい感《かん》じの微妙《びみょう》なサイズで。

「ああ。確《たし》かに頼《たの》まれたものだが、あくまでもわしの趣味《しゅみ》として預《あず》かった修理《しゅうり》で、お金《かね》をもらうためにやっているのではないんだ」

「趣味《しゅみ》？」

「そう。もういい年《とし》だしね、請《う》け負《お》いなども全《すべ》て断《ことわ》って、仕事《しごと》は完全《かんぜん》に引退《いんたい》したんだ。だから今《いま》は、こうしてのんびりと気《き》の向《む》くままに機械《きかい》いじりというわけさ。とは言《い》え、この時計《とけい》だけは、早急《さっきゅう》に仕上《しあ》げなければいかんのだがね」

「ふうん……」

覗《のぞ》き込《こ》むようにしてたら、「これはね、ポケットに入《い》れて持《も》ち歩《ある》く時計《とけい》だよ」と、慎重《しんちょう》に手《て》を添《そ》え、わざわざ近《ちか》づけて見《み》せてくれた。

「えっと、何《なん》だっけ。カイチュウ時計《どけい》、とか言《い》うやつ？」

「そう。携帯《けいたい》できる時計《とけい》としては、腕時計《うでどけい》よりも遥《はる》かに古《ふる》い歴史《れきし》があるものなんだ」

「へぇー、そうなんだ……」


初《はじ》めて見《み》るにもかかわらず、どのパーツも何《なん》となく見覚《みおぼ》えがあるのは、あの引《ひ》き出《だ》しに入《はい》ってる腕時計《うでどけい》のやつを何度《なんど》となく目《め》にしてるからだろう。

まるでそれらを虫眼鏡《むしめがね》で拡大《かくだい》して見《み》てるみたいで、今日《きょう》はギザギザ具合《ぐあい》や噛《か》み合《あ》わせ部《ぶ》分《ぶん》なんかもよく分《わ》かる。

で、いつも思《おも》うことなんだけど。

時計《とけい》って、格好《かっこう》よく見《み》せるために、あえて様々《さまざま》な色《いろ》や形《かたち》の部品《ぶひん》を使《つか》い、わざと複雑《ふくざつ》な

構造《こうぞう》にしてるんじゃないかって。

たとえば歯車《はぐるま》。

上《うえ》に並《なら》んだ大小二《だいしょうふた》つは表面《ひょうめん》がのっぺりしてて、普通《ふつう》に周囲《しゅうい》と同《おな》じ銀色《ぎんいろ》の金属《きんぞく》でできてるのに。中《なか》に見《み》える、バイクの車輪《しゃりん》みたく面《めん》がくり抜《ぬ》かれてるやつとかは、なぜか金色《きんいろ》っぽい金属《きんぞく》が使《つか》われてたりする。奥《おく》の方《ほう》には、絵《え》に描《か》いた太陽《たいよう》みたいな不思議《ふしぎ》な歯形《はがた》のもあるし。

あと、これ。隠《かく》れてるけどこの渦巻《うずま》きが面白《おもしろ》い。ネジを巻《ま》くと、髪《かみ》の毛《け》より細《ほそ》いその蚊《か》取《と》り線香《せんこう》みたいなバネが、大《おお》きくなったり小《ちい》さくなったり、ミヨンミヨンって伸《の》び縮《ちぢ》みし出《だ》すんだよな。すると、途端《とたん》にチキチキチキチキ…って動《うご》き出《だ》すから、これが時計《とけい》の心臓部《しんぞうぶ》みたいな役割《やくわり》をしてるんだよ、きっと。

前《まえ》に一度《いちど》（やっぱりお客《きゃく》さんからの預《あず》かり品《ひん》だったかな）、裏蓋《うらぶた》もガラス張《ば》りで中身《なかみ》が丸見《まるみ》えになってる腕時計《うでどけい》を見《み》たことがあったけど、どの時計《とけい》も全部《ぜんぶ》そうすればいいのにって思《おも》う。

だって、こんなビスケットほどもない小《ちい》さな円《えん》に、機械《きかい》がギッシリと詰《つ》め込《こ》まれてるってだけでもワクワクするのに、それが動《うご》いてるのをいつでもどこでも好《す》きなだけ鑑賞《かんしょう》できるなんて最高《さいこう》じゃんか。

ずっと見《み》てても飽《あ》きないだろうな。

時《とき》が経《た》つのも忘《わす》れちゃうんじゃないかな、時間《じかん》を知《し》るための道具《どうぐ》なのにさ。

でも、こんなにまで魅《み》せられてしまった一番《いちばん》のキッカケは、動《うご》いてる機械部分以外《きかいぶぶんいがい》の『それ』によるところが大《おお》きいかもしれない。

「この赤《あか》いやつって、何《なん》ですか？」

ずっと前《まえ》から不思議《ふしぎ》だった。

歯車《はぐるま》を覆《おお》う、奇妙《きみょう》なほどに歪《いびつ》なプレート群《ぐん》。その、精密機械《せいみつきかい》のくせにちっとも幾何学的《きかがくてき》でない曲線《きょくせん》を描《えが》く金属板《きんぞくばん》の表面《ひょうめん》に、それぞれ透明感《とうめいかん》のある赤《あか》い『それ』が複数《ふくすう》埋《う》め込《こ》まれてる。

見《み》るたびに、いつも何《なん》だろうって気《き》になってたんだ。見《み》るからにメカメカしい中《なか》にあって、まったく異質《いしつ》なこの赤《あか》くて丸《まる》い小窓《こまど》の存在《そんざい》が。

中《なか》でも、この『蚊取《かと》り線香《せんこう》バネ』に被《かぶ》さってるプレートの上《うえ》の大《おお》きいやつは格別《かくべつ》だ。周《しゅう》辺《へん》の細《こま》かい部品《ぶひん》たちが織《お》り成《な》すミクロな凹凸具合《おうとつぐあい》や、その絶妙《ぜつみょう》な色《いろ》バランスと相《あい》まって、たまらなく格好《かっこう》いい。まるで勇者《ゆうしゃ》の剣《けん》に装備《そうび》された魔法《まほう》の宝石《ほうせき》みたいに際立《きわだ》ってるんだもん。

「これはルビーだよ」

「え、ルビーって、やっぱり宝石《ほうせき》!?」

すげえ。まさかとは思《おも》ってたけど、本当《ほんとう》にそうだったとは！

「何《なん》でこんなところに宝石《ほうせき》が？　飾《かざ》り？　それとも、やっぱり時計《とけい》を正確《せいかく》に動《うご》かすためには、何《なに》か未知《みち》のパワーがいるから？」

マジ興奮《こうふん》してきた。

実《じつ》は昔《むかし》の時計《とけい》というのは、石《いし》の持《も》つ不思議《ふしぎ》な魔力《まりょく》を取《と》り入《い》れて動《うご》いていたのだよ！　なんて言葉《ことば》を勝手《かって》に期待《きたい》しつつ鼻息《はないき》を荒《あら》くしてると、お爺《じい》ちゃんは笑《わら》いながら言《い》った。

「よく見《み》ると、内側《うちがわ》に針《はり》で刺《さ》したような小《ちい》さな穴《あな》が開《あ》いているだろう。これは受石《うけいし》と言《い》ってね、機械《きかい》がすり減《へ》らないように歯車《はぐるま》の軸受《じくう》けとして入《い》れてある石《いし》なんだ」

「すり減《へ》らないようにって、あの……」

そんな。それじゃ、あまりにも現実的《げんじつてき》すぎる。頼《たの》むよ、ルビー。

オレは、そこにもっと何《なに》かこう、胸《むね》がときめくような伝説《でんせつ》めいた意味《いみ》があるはずだという願《ねが》いを込《こ》め、

「それだけのために、どうしてわざわざルビーなんか使《つか》うの？」

と、食《く》い下《さ》がり、精一杯《せいいっぱい》の希望的抵抗《きぼうてきていこう》を試《こころ》みたのだが。

「先人《せんじん》たちの知恵《ちえ》と技術《ぎじゅつ》の結晶《けっしょう》だよ。他《ほか》に、ダイヤモンドやサファイヤなども使《つか》われることがあるが、昔《むかし》からルビーが一般的《いっぱんてき》でね。何《いず》れも耐久性《たいきゅうせい》を追求《ついきゅう》した結果《けっか》の選択《せんたく》というわけさ。ほら、ダイヤモンドが地球上《ちきゅうじょう》で一番硬《いちばんかた》い鉱物《こうぶつ》だというのは知《し》っているね？　ルビーもダイヤに次《つ》いで硬《かた》い石《いし》なんだ。まぁ、もっとも、この年代頃《ねんだいごろ》の時計《とけい》になると、既《すで》に人工《じんこう》ルビーが使《つか》われてはいるがね」

「そう、なんですか。硬《かた》いから……」

頭《あたま》の中《なか》で、また鳴《な》った。長《なが》いホイッスルが。

みろよ、一気《いっき》にテンションが下《さ》がっちまったじゃんか。分《わ》かってたけどさ。不思議《ふしぎ》な魔力《まりょく》なんて現実《げんじつ》にあるわけないもんな。

ため息《いき》をつくと、熱《あつ》いほろ苦《にが》さが口《くち》の中《なか》に広《ひろ》がった。

「だが、そうがっかりすることもない」

機械《きかい》をそっと元《もと》の場所《ばしょ》に置《お》いた大《おお》きな手《て》が、そのままカップをゆっくりと持《も》ち上《あ》げる。

「やはり当時《とうじ》の職人《しょくにん》たちも、この美《うつく》しい赤《あか》に心《こころ》を奪《うば》われたからこそ、ルビーという宝石《ほうせき》を好《この》んで用《もち》いたに違《ちが》いない。そして、そこに様々《さまざま》な意味《いみ》や思《おも》いが込《こ》められていたのではないか、というのも十分《じゅうぶん》に想像《そうぞう》がつく。現《げん》に、わしがこの職《しょく》を選《えら》んだのも、時計《とけい》というものにそういった浪漫《ろまん》を感《かん》じたからなんだよ」

「ロマン？」

「ああ」と頷《うなず》いて口元《くちもと》に運《はこ》んだカップを傾《かたむ》けると、お爺《じい》ちゃんは舌鼓《したつづみ》を打《う》って、

「男《おとこ》の浪漫《ろまん》というやつさ」

そう言《い》いながら、外国映画《がいこくえいが》に出《で》てくる渋《しぶ》い老人《ろうじん》みたいに格好《かっこう》よく片目《かため》をつぶってみせた。

「ふうん……」

いまいちピンとこないまま仰《あお》ぐようにして残《のこ》りを飲《の》み干《ほ》したら、カップを指差《ゆびさ》して「ん？」って、目《め》で訊《き》いてくれてる。

最初《さいしょ》は熱《あつ》いから少《すこ》しずつ啜《すす》ってたんだけど、途中《とちゅう》からガブガブいっちゃって。だって、本当《ほんとう》にオレ好《ごの》みの味《あじ》なんだもん。

粉《こな》チーズに引《ひ》き続《つづ》き、またまた図々《ずうずう》しいかと思《おも》いながらもしっかり頷《うなず》くと、自分《じぶん》のと一緒《いっしょ》にお盆《ぼん》に載《の》せてポットのところまで行《い》き、おかわりを作《つく》ってきてくれた。

「気《き》に入《い》ってもらえて何《なに》よりだよ。さぁ、どうぞ」

自分《じぶん》からは言《い》い出《だ》しづらかったから余計《よけい》に嬉《うれ》しくて。だから思《おも》わず、「すいません、あ

りがとうございます」って頭《あたま》を下《さ》げたんだ。

そしたら、いきなり「ユア、ウェルカン」とか何《なん》とか、まるで本物《ほんもの》の外国人《がいこくじん》が言《い》うみたいに流暢《りゅうちょう》な英語《えいご》で返《かえ》された。

あまりにも唐突《とうとつ》すぎてどうリアクションしたらいいか分《わ》からず、手渡《てわた》されたまま不自然《ふしぜん》に固《かた》まってると、「わしは、アメリカの元大統領《もとだいとうりょう》と同級生《どうきゅうせい》でね」なんて言《い》い出《だ》したから更《さら》にびっくりして。

だから英語《えいご》がうまいのか、なんて妙《みょう》に納得《なっとく》して「すげぇ！」って言《い》ったら、急《きゅう》にニヤッとして、「誕生日《たんじょうび》がまったく一緒《いっしょ》、というだけなんだがね」だって。かーッ、ヤラレタ。

一瞬本気《いっしゅんほんき》にしたオレもオレだけどさ。お爺《じい》ちゃんって本当《ほんとう》に面白《おもしろ》い人《ひと》だ。

いつもみたいにオーバーアクションでズッコケつつ、調子《ちょうし》に乗《の》って、「オレも実《じつ》は、キリストおじさんとマブダチなんです」って言《い》ったら、今度《こんど》は真面目《まじめ》くさった顔《かお》して、「アーメン？」なんて十字《じゅうじ》を切《き》るまねなんかするから、もうおかしくって。二人《ふたり》とも大笑《おおわら》いして、危《あや》うくココアをこぼしてしまうところだったよ。

小《ちい》さい頃《ころ》からこの部屋《へや》が大好《だいす》きだったけど、未《いま》だかつてこんなに暖《あたた》かかった記憶《きおく》はない。

そりゃもちろん、今《いま》はストーブが点《つ》いてるから暖《あたた》かいのは当然《とうぜん》といえば当然《とうぜん》かもしれないよ。でもそうじゃなくて。

ここにいる時《とき》ってのは、いつも一人《ひとり》だったから。独《ひと》りの世界《せかい》だったから。話《はな》し相手《あいて》がいるだけで、こんなにも空気《くうき》の温度《おんど》が違《ちが》うんだなぁって。

古《ふる》びた石油《せきゆ》ストーブから漂《ただよ》う、仄甘《ほのあま》い熱《ねつ》の匂《にお》い。言葉《ことば》と言葉《ことば》の間《あいだ》を繋《つな》ぐ、静《しず》かな燃焼音《ねんしょうおん》とやかんのさざめき。そして、優《やさ》しさをも溶《と》かし込《こ》んだような、お爺《じい》ちゃん特製《とくせい》のホットココア。

その全《すべ》てが心地《ここち》よく、しんからオレを温《あたた》めてくれてる気《き》がした。

ここに座《すわ》ってるだけで、こうしてお喋《しゃべ》りしてるだけで、どんどんリラックスしていく自《じ》分《ぶん》がいた。


「ところで、読書《どくしょ》は好《す》きかね？」

そんな和《なご》やかな色《いろ》に包《つつ》まれた昼下《ひるさ》がりの部屋《へや》で、「わしは小説《しょうせつ》が好《す》きでね」という短《みじか》い前置《まえお》きの後《あと》、お爺《じい》ちゃんの昔話《むかしばなし》は始《はじ》まった。

オレは、二杯目《にはいめ》を飲《の》み干《ほ》したらこの楽《たの》しい時間《じかん》も終《お》わっちゃいそうな気《き》がして、今度《こんど》はもっとゆっくり飲《の》もうと心《こころ》に決《き》め、ちょっぴりワクワクしながら話《はなし》に臨《のぞ》んだ。

第《だい》四《よん》章《しょう》　時《とき》の鍵《かぎ》

1

「機械《きかい》いじりは仕事《しごと》の延長線上《えんちょうせんじょう》だが、読書《どくしょ》は昔《むかし》からの趣味《しゅみ》でね。まぁ、趣味《しゅみ》と言《い》えるようになるまでには色々《いろいろ》あったんだが」

お爺《じい》ちゃんは、小《ちい》さい頃《ころ》から運動神経《うんどうしんけい》がよくて、体操《たいそう》の時間《じかん》はいつも模範生《もはんせい》だった。『鉄棒《てつぼう》の鬼《おに》』とか呼《よ》ばれてたって。何《なん》かすごそう。

先生《せんせい》の勧《すす》めもあり、小柄《こがら》な身体《からだ》を活《い》かして器械体操《きかいたいそう》の選手《せんしゅ》を目指《めざ》していたが、練習中《れんしゅうちゅう》の足《あし》の大怪我《おおけが》（膝《ひざ》の骨折《こっせつ》）によって断念《だんねん》したらしい。

「あの時《とき》はショックだったよ。練習《れんしゅう》をし始《はじ》めて間《ま》もなくのことでね。お医者《いしゃ》さんに、『生《せい》活《かつ》に支障《ししょう》はないが、この足《あし》とは一生《いっしょう》の付《つ》き合《あ》いになるだろう』と言《い》われたのが、まだ十一《じゅういっ》歳《さい》の時《とき》なんだから」

今《いま》でも、天気《てんき》が悪《わる》くなると痛《いた》みだすんだって。歩《ある》いてるところを見《み》る限《かぎ》りは、どこも何《なん》ともないようにしか思《おも》わないんだけどな。

本《ほん》ばかり読《よ》むガリ勉《べん》に転身《てんしん》したのは、その後遺症《こういしょう》がキッカケらしい。半《なか》ばヤケクソだったって。

そんな中《なか》で、やがて将来《しょうらい》のために何《なに》か手《て》に職《しょく》をつけようという決心《けっしん》が芽生《めば》え、飛《と》び込《こ》んだのがこの世界《せかい》だった。

「なぜ時計《とけい》だったか、というのは追々話《おいおいはな》そう」と言《い》って、お爺《じい》ちゃんは続《つづ》けた。

「わしは四人兄弟《よにんきょうだい》の末《すえ》っ子《こ》でね。家《いえ》には、早《はや》くから農家《のうか》を継《つ》いだ兄夫婦《あにふうふ》と、その上《うえ》に二人《ふたり》の姉《あね》がいた。姉《あね》たちは当時《とうじ》はまだお嫁《よめ》に行《い》ってなくてね。決《けっ》して裕福《ゆうふく》な暮《く》らしじゃなかったから、子供心《こどもごころ》にも何《なん》となく、男《おとこ》としては早《はや》く家《いえ》を出《で》て一人前《いちにんまえ》にならなければいけないと思《おも》っていたんだ」

それで知《し》り合《あ》いを通《つう》じて、都会《とかい》にある老舗《しにせ》の大店《おおだな》を紹介《しょうかい》してもらい、身一《みひと》つでその門《もん》をたたいた。十五歳《じゅうごさい》の春《はる》のことだった。

昔《むかし》は、オレよりももっと年下《としした》の子《こ》でも、そうやってどこかのお店《みせ》とかに預《あず》けられ働《はたら》いてたってんだから驚《おどろ》きだ。その時代《じだい》に生《う》まれなくてよかったなって、ちょっと思《おも》った。

そうそう、『デッチボーコー』ってのは本来《ほんらい》、関西地方《かんさいちほう》の言《い》い方《かた》なんだって。

こっちの方《ほう》ではそういう見習《みなら》いのことを『小僧《こぞう》』って呼《よ》んでたらしいんだけど、「人《ひと》に昔話《むかしばなし》をする時《とき》は『デッチ、デッチ』言《い》った方《ほう》が響《ひび》きが面白《おもしろ》いだろう?」って。

確《たし》かに。小《ちい》さい頃《ころ》、お父《とう》さんの口《くち》から初《はじ》めて聞《き》いた時《とき》は、『ワレモコウ』を凌《しの》ぐほどの大《だい》ヒットだったからな。

そこの大《おお》きな時計屋《とけいや》さんで住《す》み込《こ》みで修業《しゅぎょう》して、弟子《でし》たち皆《みんな》で腕《うで》を競《きそ》い合《あ》った。

今《いま》みたいに、先生《せんせい》がいて手取《てと》り足取《あしと》り教《おし》えてくれるわけじゃないから、見《み》よう見《み》まねで親方《おやかた》や先輩《せんぱい》の技術《ぎじゅつ》を『盗《ぬす》んだ』って言《い》ってた。

とにかく機械《きかい》をいじるのが面白《おもしろ》くて、皆《みんな》が寝静《ねしず》まった後《あと》も裸電球《はだかでんきゅう》の下《した》で独《ひと》り、もくもくと作業《さぎょう》に明《あ》け暮《く》れる毎日《まいにち》だった。

「床《とこ》について、そう言《い》えば、なぜあの部品《ぶひん》はああいう作《つく》りになっているんだろう、などと考《かんが》え始《はじ》めると眠《ねむ》れなくなってね。起《お》きだしてガチャガチャ始《はじ》まるわけだ。昼間《ひるま》は雑用《ざつよう》が多《おお》くて、そうそうじっくり向《む》き合《あ》う暇《ひま》もないから、結局誰《けっきょくだれ》も邪魔《じゃま》の入《はい》らない夜更《よふ》けになるんだがね」

やればやるほど楽《たの》しくなって、技術《ぎじゅつ》も身《み》についた。

兄弟子《あにでし》たちからも一目置《いちもくお》かれるようになり、周囲《しゅうい》からは仕事熱心《しごとねっしん》で礼儀正《れいぎただ》しい小僧《こぞう》だと囁《ささや》かれた。大旦那《おおだんな》さんや奥様《おくさま》から何《なに》かと声《こえ》を掛《か》けてもらえるようになったのも、ちょうどこの頃《ころ》からだった。

「わしの場合《ばあい》、修業《しゅぎょう》というより『研究《けんきゅう》』とでも言《い》った方《ほう》が正《ただ》しかったかもしれんな。あの頃《ころ》は、夜毎何《よごとなに》かにとり憑《つ》かれたかのように脇目《わきめ》も振《ふ》らず打《う》ち込《こ》んでおったよ。相当《そうとう》に真面目《まじめ》で、その上愛想《うえあいそ》もいいよくできた小僧《こぞう》だと思《おも》われていただろうね。だが、こっちは機械《きかい》いじりが楽《たの》しくて楽《たの》しくて仕方《しかた》ないだけで、何《なん》の気負《きお》いもなければ苦労《くろう》もないわけだ。それに、住《す》む場所《ばしょ》も着《き》る物《もの》も、ご飯《はん》の心配《しんぱい》すらさせずに、こんな楽《たの》しいことをさせてもらっているんだから、そりゃあ自然《しぜん》と感謝《かんしゃ》の気持《きも》ちが態度《たいど》に出《で》るってもんさ」

でもそれってやっぱり、お爺《じい》ちゃんに元々機械《もともときかい》いじりの才能《さいのう》があったからこそだ。

そう思《おも》ったんだけど、「特別《とくべつ》、昔《むかし》から手先《てさき》が器用《きよう》だったわけじゃない」なんて謙遜《けんそん》するから、「嘘《うそ》だぁ」って言《い》ったら、「好《す》きこそものの上手《じょうず》なれ、だよ」って。妙《みょう》に納得《なっとく》させられちゃった。

随分《ずいぶん》と仕事《しごと》を任《まか》されるようになった頃《ころ》には、気《き》がつくともう五年《ごねん》の月日《つきひ》が経《た》っていた。自分《じぶん》の中《なか》で、ある程度《ていど》の自信《じしん》がついたお爺《じい》ちゃんは、独立《どくりつ》して自分《じぶん》のお店《みせ》を開《ひら》こうと決《けつ》意《い》を固《かた》めていた。

他《ほか》の『デッチ』の人《ひと》たちは、元々《もともと》実家《じっか》が同《おな》じ商売《しょうばい》をしている上《うえ》で（要《よう》するに後継《あとつ》ぎとして）修業《しゅぎょう》に来《き》ている場合《ばあい》がほとんどで、帰《かえ》ればすぐに仕事《しごと》を始《はじ》められるよう御膳《おぜん》立てされていたみたいだけど、お爺《じい》ちゃんはまったくの畑違《はたけちが》いだったから、結構《けっこう》な覚悟《かくご》がいったらしい。

その上《うえ》、かなり強力《きょうりょく》に引《ひ》き止《と》められたみたい。

「親方《おやかた》に話《はなし》をしたら、その晩《ばん》に呼《よ》び出《だ》されてね。応接間《おうせつま》なんて、わしゃ掃除《そうじ》の時《とき》ぐらいしか入《はい》ったことがなかったんだが、行《い》ってみると何《なん》と、大旦那《おおだんな》さんから奥様《おくさま》、若奥《わかおく》さんから番頭《ばんとう》さんまで皆総出《みなそうで》でいらっしゃるんだ。それで、長《なが》テーブルの上座《かみざ》の脇《わき》、つまり大旦那《おおだんな》さんのすぐ横《よこ》に座《すわ》らされると、若奥《わかおく》さんがお茶《ちゃ》とお菓子《かし》を持《も》ってきた。それも大事《だいじ》なお客《きゃく》用《よう》の湯飲《ゆの》みと、普段見《ふだんみ》たこともない高級《こうきゅう》な包《つつ》み紙《がみ》のやつを漆塗《うるしぬ》りのお盆《ぼん》に載《の》っけてさ。これはただごとじゃないと思《おも》った」

何《なん》とも言《い》えない空気《くうき》だったって。

緊迫《きんぱく》してるようでいて、どこか和《なご》んでるような。悪《わる》い感《かん》じはしなかったが、決《けっ》して居心《いごこ》地《ち》がいいとは言《い》えない雰囲気《ふんいき》だった。

やがて大旦那《おおだんな》さんが、咳払《せきばら》いを一《ひと》つしてから口《くち》を開《ひら》いた。

「思《おも》ったとおり、考《かんが》え直《なお》してくれという内容《ないよう》に変《か》わりはなかったんだがね、如何《いかん》せん話《はなし》の大《おお》きさが違《ちが》った。何《なん》て言《い》ったと思《おも》う？　『何《いず》れ言《い》うつもりだったのだが、実《じつ》は、ゆくゆくお前《まえ》には、この店《みせ》を継《つ》いでもらおうと常々考《つねづねかんが》えておった』と、こうきたわけだ。丁稚《でっち》の立《たち》場《ば》からしたらもう、それだけでも十分《じゅうぶん》とんでもないことなのに、更《さら》には、『そこでどうだい、わしの孫娘《まごむすめ》の許婚《いいなずけ》になってはくれまいか』と、きたもんだ。それはもう、驚《おどろ》いたなんてもんじゃなかった。遠慮《えんりょ》なくお茶《ちゃ》を飲《の》んでいたなら、向《む》かいに座《すわ》ってる奥様《おくさま》の顔《かお》を目《め》がけ、思《おも》い切《き》り噴《ふ》き出《だ》していたろうなぁ」

親方《おやかた》と若奥《わかおく》さんの間《あいだ》には、お爺《じい》ちゃんより三《みっ》つ年下《としした》の娘《むすめ》さんがいた。

要《よう》するに、一人娘《ひとりむすめ》であるその女《おんな》の人《ひと》と結婚《けっこん》して、婿養子《むこようし》になって後《あと》を継《つ》いでくれという話《はなし》だったのだ。

「その娘《むすめ》さんは、皆《みんな》から『みよちゃん、みよちゃん』呼《よ》ばれていてね、奥《おく》ゆかしくってかわいらしいお嬢《じょう》さんだったよ。いつも休憩《きゅうけい》の時《とき》になると、恥《は》ずかしそうにしながらお茶《ちゃ》を持《も》ってきてくれたりしたっけ。お大尽《だいじん》——分《わ》かるかい、つまり、そういう立派《りっぱ》なお店《みせ》を営《いとな》むお金持《かねも》ちの家《いえ》に生《う》まれた箱入《はこい》り娘《むすめ》だったが、ちっとも我《わ》がままな感《かん》じじゃなくてね、わしら小僧連中《こぞうれんちゅう》の間《あいだ》では人気者《にんきもの》だった……え、それで、どうしたのかって？　ああ、少《すこ》し考《かんが》えさせてくださいと言《い》って、その場《ば》を逃《のが》れたがね、後《あと》で丁重《ていちょう》にお断《ことわ》りしたよ。いや、その子《こ》がどうこういう問題《もんだい》じゃなかったんだ。当時《とうじ》のわしには荷《に》が重《おも》すぎたんだね、大店《おおだな》の若旦那《わかだんな》ってやつが」

それから間《ま》もなく、五年間《ごねんかん》お世話《せわ》になった時計屋《とけいや》さんを後《あと》にした。

内陸育《ないりくそだ》ちのお爺《じい》ちゃんは、子供《こども》の頃《ころ》から海《うみ》が眺《なが》められるところに住《す》んでみたかったのと、親方《おやかた》から、「これから商売《しょうばい》をするなら、港《みなと》のある町《まち》がよかろう」というアドバイスを受《う》けたこともあり、実家《じっか》から離《はな》れた今《いま》のこの地《ち》に拠点《きょてん》を置《お》こうと決《き》めた。

「独立《どくりつ》、なんて言《い》うと格好《かっこう》いいんだがね、最初《さいしょ》の頃《ころ》はそれはもう大変《たいへん》だった」

これまでと違《ちが》い、衣食住全《いしょくじゅうすべ》てを自力《じりき》で賄《まかな》わなきゃいけない。文字通《もじどお》り腕一本《うでいっぽん》、いや、ピンセット一本《いっぽん》で世《よ》を渡《わた》る生活《せいかつ》が始《はじ》まった。

って。ピンセット一本《いっぽん》!?


「それだけでどうやって修理《しゅうり》するのかって？　いやいや、もののたとえだよ。出《で》る時《とき》にね、使《つか》わせてもらっていた工具《こうぐ》を一式《いっしき》、お餞別代《せんべつが》わりにと持《も》たせてくださったんだ。勝手《かって》を言《い》って出《で》て行《い》くのに、ありがたいやら申《もう》しわけないやら、本当《ほんとう》に涙《なみだ》が出《で》る思《おも》いだったなぁ、あの時《とき》は」

仕事《しごと》だけに専念《せんねん》できるようにと、まずは民宿《みんしゅく》に掛《か》け合《あ》って下宿《げしゅく》させてもらえるところを探《さが》した。

そして毎日《まいにち》、その工具《こうぐ》の入《はい》った重《おも》いトランクをくくりつけた自転車《じてんしゃ》で、見知《みし》らぬ土地《とち》を一軒一軒訪《いっけんいっけんたず》ね歩《ある》いては柱時計《はしらどけい》などの修理《しゅうり》をして回《まわ》った。

「今《いま》なら、車《くるま》で回《まわ》れば大《たい》したことのない距離《きょり》なんだろうがね、当時《とうじ》は道路《どうろ》も舗装《ほそう》されていない上《うえ》に、家《いえ》と家《いえ》の間《あいだ》が離《はな》れていた。隣《となり》の家《いえ》が数《すう》キロ先《さき》なんてこともざらだったんだ。しかもこの辺《あた》りは山《やま》を切《き》り崩《くず》して作《つく》ったような起伏《きふく》の激《はげ》しい地形《ちけい》だろう。足《あし》にも応《こた》えるし、かなりの重労働《じゅうろうどう》だったよ。そうそう、日暮《ひぐ》れになってから峠道《とうげみち》の途中《とちゅう》でパンクするなんてのはしょっちゅうでね、お客《きゃく》さん宅《たく》に一晩《ひとばん》泊《と》めてもらったりもしたっけなぁ」

　当時《とうじ》は時計《とけい》そのものが今《いま》よりずっと高級品《こうきゅうひん》で、それを修理《しゅうり》、調整《ちょうせい》してくれる人《ひと》ってのは、少《すく》なからず歓迎《かんげい》されていたらしい。

　一宿一飯《いっしゅくいっぱん》のお礼《れい》として直《なお》したのに、それでも謝礼《しゃれい》を差《さ》し出《だ》す家《いえ》が多《おお》かった。

「漁師《りょうし》さんってのは、声《こえ》は大《おお》きいし口《くち》も悪《わる》いんだが裏表《うらおもて》がなくてね、根《ね》が優《やさ》しい心《こころ》の広《ひろ》い人《ひと》ばかりだった。すっかり仲《なか》よくなって、口《くち》が開《あ》いた※と言《い》っちゃあ、海栗《うに》だ鮑《あわび》だ若布《わかめ》だと獲《と》れたてのやつを、わざわざ民宿《みんしゅく》まで持《も》ってきてくれたりしてね。女将《おかみ》さんにも感謝《かんしゃ》されたっけ。あんたがいると食材《しょくざい》に困《こま》らないって。仕舞《しまい》には『宿賃《やどちん》いらんから、ずっとここへいておくれ』なんて冗談《じょうだん》言《い》って笑《わら》ってね。あの人《ひと》にも随分《ずいぶん》とお世話《せわ》になったよ。土地柄《とちがら》、人柄《ひとがら》に惚《ほ》れてこの地《ち》に根《ね》を張《は》ろうと決《き》めたようなもんさ。ん？　食《た》べ物《もの》もだろうって？　はっはっは、そりゃあもちろんね」

念願《ねんがん》のお店《みせ》を持《も》てたのは、それから更《さら》に五年《ごねん》くらい経《た》ってからだった。苦労《くろう》の甲斐《かい》あって、腕《うで》のいい時計職人《とけいしょくにん》として名前《なまえ》も売《う》れ、信用《しんよう》に比例《ひれい》するかのごとくお金《かね》も順調《じゅんちょう》に貯《た》まっていった結果《けっか》だった。

「なぁに、間口《まぐち》が今《いま》の半分《はんぶん》くらいしかないような小《ちい》さな店《みせ》だよ。商品《しょうひん》も数《かぞ》えるほどしか並《なら》んでなくてね。それでも当時《とうじ》は一端《いっぱし》の時計屋《とけいや》だった。いいかい、商売《しょうばい》で一番大事《いちばんだいじ》なのは、嘘《うそ》をつかないことだ。つまり、お客《きゃく》さんとの約束《やくそく》を守《まも》ることなんだよ。覚《おぼ》えておくといい」

最初《さいしょ》に開《ひら》いたお店《みせ》は、今《いま》の場所《ばしょ》よりも魚市場寄《うおいちばよ》りの場所《ばしょ》だったんだって。昔《むかし》は向《む》こうの方《ほう》が栄《さか》えてたなんて想像《そうぞう》つかないなぁ。

それで、今《いま》の場所《ばしょ》に移《うつ》ってきたのは戦争《せんそう》が終《お》わってからだって言《い》うから……何十年前《なんじゅうねんまえ》だっけ、それもやっぱり相当昔《そうとうむかし》だよな。

その時《とき》にちょうど、港周辺《みなとしゅうへん》を開拓《かいたく》する計画《けいかく》が持《も》ち上《あ》がってて、町《まち》の中心部的存在《ちゅうしんぶてきそんざい》として商店街《しょうてんがい》ができた――

そこまで話《はな》すとお爺《じい》ちゃんは、不意《ふい》に椅子《いす》を少《すこ》し回転《かいてん》させて、「まぁ、こうして今《いま》があるわけだが」と言《い》いながら、机《つくえ》の上《うえ》のスタンドを灯《とも》した。

※（「磯の口」が開く、の意。磯開き）

外《そと》はまだまだ明《あか》るいんだけど、日当《ひあ》たりの関係《かんけい》でいつの間《ま》にか部屋《へや》の中《なか》は薄《うつす》らと宵《よい》に染《そ》まりかかっていて。

ふと思《おも》い出《だ》してカップを口《くち》にすると、アイスともホットとも言《い》えないようなそれが、ぬるく、濃《こ》く、舌《した》の上《うえ》に広《ひろ》がった。

「どうも年寄《としよ》りの話《はなし》は長《なが》くていかんね。すっかり冷《さ》めてしまっただろう、どれ」

また立《た》ち上《あ》がろうとしたから、「大丈夫《だいじょうぶ》です」って、もう一口《ひとくち》飲《の》んで続《つづ》きを促《うなが》すと、「つい調子《ちょうし》に乗《の》って余計《よけい》なことまで喋《しゃべ》ってしまって、すまんね」と、苦笑《にがわら》いしながらカップを口《くち》に運《はこ》んでる。

でも、この居心地《いごこち》のよさがそうさせるのか、ちっとも飽《あ》きないよオレ。むしろ続《つづ》きが気《き》になって仕方《しかた》ないくらいだもん。

ゆっくり残《のこ》りを飲《の》み干《ほ》すと、お爺《じい》ちゃんはまた舌鼓《したつづみ》を打《う》ってから、「それでは話《はなし》を戻《もど》そうか」と言《い》って続《つづ》きを再開《さいかい》した。

「このとおり好《す》きなことに専念《せんねん》できて、幸運《こううん》にも自分《じぶん》の店《みせ》を持《も》つまでになったんだがね、そもそもわしが時計《とけい》に興味《きょうみ》を持《も》ったのは、実《じつ》は、ある物語《ものがたり》との出会《であ》いがキッカケだったんだよ」

「物語《ものがたり》？」

「そう。その物語《ものがたり》というのは、元々《もともと》はイギリスの古《ふる》い小説《しょうせつ》でね。わしが読《よ》んだのは、いわゆる翻訳本《ほんやくぼん》だが、その中《なか》にタイムマシンという時間旅行《じかんりょこう》が可能《かのう》な乗《の》り物《もの》が登場《とうじょう》するんだ」

思《おも》いもよらない単語《たんご》が、瞬時《しゅんじ》に目《め》を見開《みひら》かせた。

外国《がいこく》の小説《しょうせつ》なんて読《よ》んだことはないけど。まさか、お爺《じい》ちゃんの口《くち》から、そんな語句《ごく》が出《で》てくるなんて。タイムマシン、だなんて。

途端《とたん》に胸《むね》がときめいた。

「知《し》ってます、マンガとかにも出《で》てくるし。オレ、そういうの大好《だいす》きなんです！」

「わしも好《す》きでね。その手《て》のSFものは随分《ずいぶん》と読《よ》みあさった。更《さら》にそこから踏《ふ》み出《だ》して、様々《さまざま》なジャンルの本《ほん》にも手《て》を出《だ》すようになったんだが。わしの場合《ばあい》、一度《いちど》読《よ》んだものでも時々《ときどき》また読《よ》み返《かえ》したくなったりするもんだから、捨《す》てるに捨《す》てられなくてね。年《とし》と共《とも》にどんどん増《ふ》えて、気《き》がついたら置《お》き場所《ばしょ》がなくなって専用《せんよう》に本棚《ほんだな》を誂《あつら》えたくらいさ。家具屋《かぐや》さんには、『今度《こんど》は本屋《ほんや》さんでも始《はじ》めるんですか』なんて言《い》われたりしてね」

笑《わら》いながら続《つづ》ける。

「その本《ほん》との出会《であ》いから、少年時代《しょうねんじだい》はとにかく科学者《かがくしゃ》に憧《あこが》れた。人間《にんげん》のように動《うご》くロボットやタイヤのない車《くるま》、銀河系《ぎんがけい》を惑星《わくせい》から惑星《わくせい》へと自由自在《じゆうじざい》に飛《と》び回《まわ》る宇宙船《うちゅうせん》。物語《ものがたり》に出《で》てくる、そんなすごい発明《はつめい》をするのは皆《みな》、決《き》まって一流《いちりゅう》の科学技術者《かがくぎじゅつしゃ》たちだったからね。科《か》学《がく》こそが学《まな》ぶべき世界《せかい》、自分《じぶん》が進《すす》むべき道《みち》だと奮《ふる》い立《た》ったもんさ。そして何《なに》よりも、タイムマシンという時空《じくう》を超《こ》える未知《みち》の装置《そうち》を開発《かいはつ》するには、最先端科学《さいせんたんかがく》の研究《けんきゅう》が必須《ひっす》だろうと思《おも》ってね」

お爺《じい》ちゃん、すげぇ。そんなこと考《かんが》えてたなんて。

「本当《ほんとう》にタイムマシンを作《つく》ろうと思《おも》ったの？」

「ああ、思《おも》ったとも」

「マジ本気《ほんき》で？」

「もちろん、本気《ほんき》でさ」

また興奮《こうふん》してきた。

大人《おとな》の人《ひと》とこんな話《はなし》をしたことがない。お父《とう》さんとは、せいぜいテレビを見《み》ながらサッカーの話《はなし》をするくらいだし、先生《せんせい》はいつも、オレたちに勉強《べんきょう》させることで頭《あたま》がいっぱいみたいだし。

そもそも、大人《おとな》ってのはオレらとは思考回路《しこうかいろ》がまったく違《ちが》う生《い》き物《もの》だってことが何《なん》となく分《わ》かってきてたから、いつからか彼《かれ》ら相手《あいて》にこの手《て》の話《はなし》はする気《き》もなくなった。

年《とし》の差《さ》はその辺《へん》の大人《おとな》たちよりよっぽど大《おお》きいけど、一緒《いっしょ》になってこんなワクワクする話《はなし》ができるとは。

何《なに》よりも、昔話《むかしばなし》とは言《い》え、そこに非現実的《ひげんじつてき》なものに対《たい》する意気込《いきご》みみたいなのが感《かん》じられて……って。あれ、待《ま》てよ。

「でもさ、じゃあ何《なん》で時計屋《とけいや》さんのデッチボーコーになったの？　何《なん》で科学者《かがくしゃ》にならなかったの？」

思《おも》いついたまま咄嗟《とっさ》にそう尋《たず》ねちゃったけど。聞《き》きたくない答《こた》えが返《かえ》ってくるんじゃないかって、ちょっと後悔《こうかい》した。

すると、空《から》になったカップを静《しず》かに置《お》いて、お爺《じい》ちゃんは口元《くちもと》に笑《え》みを浮《う》かべながら言《い》った。

「その必要《ひつよう》がなくなった、と言《い》えばいいのか、科学者《かがくしゃ》が研究《けんきゅう》しても切《き》り開《ひら》ける分野《ぶんや》じゃないと、そう思《おも》ったからだよ」

「そっか……そりゃそう、ですよね」

ああ、やっぱり。夢《ゆめ》から引《ひ》き戻《もど》されるような、あからさまな訊《き》き方《かた》をするんじゃなかった。要《よう》するに、現実的《げんじつてき》に考《かんが》えたら、そんなものを作《つく》るなんて不可能《ふかのう》だから諦《あきら》めたってことだよな。

「あの時《とき》、わしのタイムマシンに対《たい》する考《かんが》え方《かた》が百八十度《ひゃくはちじゅうど》変《か》わった。とても人間《にんげん》が作《つく》れる代物《しろもの》ではないというふうにね」

知《し》ってるよ。それが大人《おとな》になるってことなんでしょ。いつまでもそういうのに興味《きょうみ》を持《も》ってるとガキ扱《あつか》いされるもんな。

スポ少《しょう》に入《はい》ってる連中《れんちゅう》も皆《みんな》よく言《い》うんだ。何《なに》かにつけて、「俺《おれ》ぁ、とっくに卒業《そつぎょう》したぜ、もう大人《おとな》だからよ」ってさ。

何《なん》か無性《むしょう》に悔《くや》しくて、こっちはため息《いき》をついてるってのに、お爺《じい》ちゃんったら尚《なお》もニコニコ笑《わら》いかけてくる。

「しかし実《じつ》はね、いつからそんなふうに考《かんが》え方《かた》が変《か》わったのか、ずっと思《おも》い出《だ》せずにいたんだ。それどころか、科学者《かがくしゃ》でなく今《いま》の道《みち》を選《えら》ぼうと思《おも》ったその理由自体《りゆうじたい》も、どういうわけかはっきりと覚《おぼ》えていなくてね。ところが今《いま》、こうして君《きみ》に話《はな》している。そう、わしは思《おも》い出《だ》したんだよ。あの時《とき》のことを」

「あの時《とき》のこと?」

意味不明《いみふめい》だ。しかも何《なん》でそんなに嬉《うれ》しそうにしてるのか分《わ》かんなくて。ぽけーっとその顔《かお》を見《み》てると、お爺《じい》ちゃんはおもむろに引《ひ》き出《だ》しから何《なに》かを取《と》り出《だ》した。

「昨夜《ゆうべ》、机《つくえ》の下《した》でこれを見《み》つけてね」

目《め》の前《まえ》に差《さ》し出《だ》された、白《しろ》くて大《おお》きな手《て》のひら。

そこには、複雑《ふくざつ》な透《す》かし模様《もよう》が施《ほどこ》された鍵《かぎ》のようなものが、まるで影絵《かげえ》のように黒《くろ》く、静《しず》かに、横《よこ》たわっていた。

2

それは、見《み》るからに年代《ねんだい》ものの風格《ふうかく》を醸《かも》し出《だ》す、黒《くろ》ずんだ錆《さ》び色《いろ》をしていた。

その古《ふる》ぼけた雰囲気《ふんいき》といい、何《なん》とも不思議《ふしぎ》な格好《かっこう》よさがあって、まるでゲームに出《で》てくる伝説《でんせつ》の鍵《かぎ》みたい。

だけど先《さき》っちょにそれらしいギザギザはなく、途中《とちゅう》から切《き》り落《お》とされたような、バランス的《てき》に少《すこ》し短《みじか》い感《かん》じの鍵《かぎ》で。


「これが何《なん》だか分《わ》かるかね？」

よく見《み》ると中《なか》が四角《しかく》い空洞《くうどう》になってたから、思《おも》いついて「ゼンマイを巻《ま》くやつ？」って答《こた》えたら、「そう、時計《とけい》の巻《ま》き上《あ》げ鍵《かぎ》だね」って。

やっぱりな。

そしたら今度《こんど》は、「この鍵《かぎ》に見覚《みおぼ》えはあるかい？」って聞《き》かれたんだけど、確実《かくじつ》に初《はじ》めて見《み》る形《かたち》だよ。

だって、こんなに格好《かっこう》いいのは、一回見《いっかいみ》たら忘《わす》れるわけがないもん。

オレが首《くび》を横《よこ》に振《ふ》ると、「やはりそうか」って。

どういう意味《いみ》だろう。

「では、手《て》を出《だ》してごらん」

さっぱりわけが分《わ》かんないまま言《い》うとおりにすると、お爺《じい》ちゃんはそれをそっと手《て》のひらに載《の》せてくれた。

するとどうだ、なんとその鍵《かぎ》が突然《とつぜん》ボーっと浮《う》かび上《あ》がるように青白《あおじろ》く光《ひか》り出《だ》したではないか。

そして、「え、え、何《なに》これ!?」なんて叫《さけ》ぶ間《ま》もないほど瞬間的《しゅんかんてき》に、それは、来《き》た。来《き》たんだ。

流《なが》れ込《こ》むように、電気《でんき》が走《はし》るように、額《ひたい》の真《ま》ん中辺《なかあた》りに、何《なに》かが、一気《いっき》に、来《き》た。

それはたとえるなら、算数《さんすう》のテストの最中《さいちゅう》に起《お》きたラスト三分《さんぷん》の奇跡《きせき》。

どうしても解《と》けない応用問題《おうようもんだい》を諦《あきら》めかけたその時《とき》、何《なん》の前触《まえぶ》れもなく脳裏《のうり》を突《つ》き抜《ぬ》けた、あの電光石火《でんこうせっか》の閃《ひらめ》きに似《に》て。

来《き》たのと同時《どうじ》に、頭《あたま》の中《なか》の隅々《すみずみ》までが光《ひかり》に照《て》らし出《だ》された気《き》がした。

その、一瞬《いっしゅん》にして視界《しかい》が開《ひら》けるかのごとく鮮《あざ》やかな高揚感《こうようかん》にオレは——


「そうだ」

ものの数秒《すうびょう》の出来事《できごと》だったと思《おも》う。

気《き》がつくと、何事《なにごと》もなかったかのように鍵《かぎ》は元《もと》の黒《くろ》ずんだ錆《さ》び色《いろ》を取《と》り戻《もど》し、お爺《じい》ちゃんがそこで変《か》わらず微笑《ほほえ》んでいた。が、オレは違《ちが》った。

「これだ、この鍵《かぎ》だ」

昨日起《きのうお》こった出来事《できごと》の一部始終《いちぶしじゅう》が、あの時《とき》の場面《ばめん》が、まるで脳内《のうない》スクリーンに映《うつ》し出《だ》されたかのように次々《つぎつぎ》と浮《う》かび上《あ》がる。

それは、忘《わす》れていた記憶《きおく》が甦《よみがえ》ったにしてはやけに鮮明《せんめい》で。思《おも》い出《だ》したというには、あまりにも真新《まあたら》しい光景《こうけい》だった。

全部覚《ぜんぶおぼ》えてるぞ、何《なに》もかも。

佐伯洋品店《さえきようひんてん》のシャッターが閉《し》まる音《おと》。窓《まど》の雪《ゆき》。その雪明《ゆきあ》かりに浮《う》かんだ色褪《いろあ》せた写真《しゃしん》。

そして、何《なに》かが床《ゆか》に落《お》ちるような音《おと》。

「机《つくえ》の下《した》で見《み》つけて、それでオレ」

差《さ》し込《こ》んだ時《とき》の、金属《きんぞく》がかち合《あ》う感触《かんしょく》。閃光《せんこう》、急降下《きゅうこうか》。目《め》の前《まえ》の天井《てんじょう》、歪《ゆが》む床板《ゆかいた》、回《まわ》る、回《まわ》る——


「どうやら、思《おも》い出《だ》したようだね」

微笑《ほほえ》みがゆっくり後《うし》ろにもたれかかると、椅子《いす》がキィ…と小《ちい》さく鳴《な》く。

「この鍵《かぎ》って一体《いったい》……」

「それはね、言《い》うなれば『時《とき》の鍵《かぎ》』だよ」

「時《とき》の、鍵《かぎ》？」

「そう。時間《じかん》を自由自在《じゆうじざい》に行《い》き来《き》できる、タイムマシンのようなものさ。おまけに、触《ふ》れるとその時《とき》の記憶《きおく》が戻《もど》るようだ。この鍵《かぎ》を使《つか》った時《とき》の記憶《きおく》がね」

信《しん》じられないけど、確《たし》かにそうみたいだ。それまで一切記憶《いっさいきおく》の欠片《かけら》もなかったのに、手《て》のひらに置《お》いた瞬間《しゅんかん》、あの時《とき》の場面《ばめん》がついさっきのことのように思《おも》い出《だ》され……ってことは、まさか――

「じゃあ、もしかしてお爺《じい》ちゃんも、この『時《とき》の鍵《かぎ》』を使《つか》ったことがあるの？」

「ああ。恐《おそ》らく、君《きみ》と同《おな》じような経緯《けいい》でね」

「マ、マジで⁉」

「随分《ずいぶん》と昔《むかし》のことだが、お陰《かげ》で昨日《きのう》のことのように思《おも》い出《だ》したというわけさ」

何《なん》てこった。お爺《じい》ちゃんもオレと同《おな》じ体験《たいけん》をしてたなんて！

このタイムスリップもただの偶然《ぐうぜん》じゃなさそうだと、もう鼻息荒《はないきあら》いどころか鼻血《はなぢ》まで出《で》るんじゃないかってくらい興奮《こうふん》しまくってると、「それとね、謎《なぞ》が解《と》けたんだよ」って。

謎《なぞ》？

「君《きみ》を初《はじ》めて見《み》た時《とき》は本当《ほんとう》に我《わ》が目《め》を疑《うたが》った。なんと顔《かお》から姿《すがた》かたちに至《いた》るまで、亡《な》くなった兄《あに》の小《ちい》さい頃《ころ》にそっくりときてる。子供時代《こどもじだい》の写真《しゃしん》を見《み》せたならきっと君《きみ》も驚《おどろ》くだろうよ」

「そんなに似《に》てるの？」

「ああ、まさに生《い》き写《うつ》しだよ。だからどうしても他人《たにん》のような気《き》がしなくて、咄嗟《とっさ》にあんな嘘《うそ》をついてしまったんだがね。だが、これを見《み》つけた今《いま》となっては、机《つくえ》の下《した》にいたのも、兄《あに》によく似《に》ているのも、なるほど納得《なっとく》できるというわけさ」

お爺《じい》ちゃんは気《き》づいてくれてたんだ。最初《さいしょ》から、心《こころ》のどこかでオレのことを分《わ》かってくれてたんだ——

何《なん》かめっちゃ嬉《うれ》しくなって、実《じつ》はコウちゃんの弟《おとうと》であることを堂々《どうどう》とカミングアウトしたら、「やはりね。その顔《かお》は明《あき》らかに我《わ》が一族《いちぞく》の縁《ゆかり》である証《あかし》」と言《い》って目《め》の前《まえ》に手《て》を差《さ》し出《だ》した。

「改《あらた》めまして、よく来《き》たね。わしのもう一人《ひとり》の孫《まご》というわけだ。会《あ》えて嬉《うれ》しいよ」

握《にぎ》り返《かえ》されたその手《て》は、大《おお》きくて温《あたた》かくて。照《て》れ臭《くさ》くなるくらいに優《やさ》しい感触《かんしょく》だった。

「浩一《こういち》と、同《おな》い年《どし》と言《い》ったね」

「はい、六年《ろくねん》です。来年《らいねん》は何《なん》と、中学生《ちゅうがくせい》になります！」

そんなの当《あ》たり前《まえ》だろうって、言《い》った後《あと》で気《き》づくんだもんな。とにかく妙《みょう》に舞《ま》い上《あ》がっちゃって、その後《あと》もやけにハキハキ受《う》け答《こた》えしてる自分《じぶん》がいた。

少《すこ》しの間《あいだ》、世間話《せけんばなし》みたいになってたんだけど、すぐに話題《わだい》は鍵《かぎ》のことに戻《もど》った。

「立《た》っていられないほど？　ああ、わしは器械体操《きかいたいそう》で慣《な》れておったせいか、案外平気《あんがいへいき》だったがね。そうかい、君《きみ》の場合《ばあい》はあれに差《さ》し込《こ》んだ途端《とたん》の出来事《できごと》だったわけか」

相槌《あいづち》を打《う》ちながら、後《うし》ろの壁《かべ》を指差《ゆびさ》してる。

「うん。全部試《ぜんぶため》してみたんだけど、他《ほか》のには全然合《ぜんぜんあ》わなかったんだ」

「となると、この鍵《かぎ》には時間《じかん》の作用点《さようてん》をその都度導《つどみちび》き出《だ》す可変性《かへんせい》の……いや、難《むずか》しい話《はなし》はよそう」

要《よう》するに、お爺《じい》ちゃんの時《とき》は（当然《とうぜん》だけど）まったく別《べつ》の時計《とけい》に差《さ》し込《こ》んでの出来事《できごと》だったみたい。やっぱり不《ふ》思《し》議《ぎ》なのはこの鍵《かぎ》そのものってことか。

でも待《ま》てよ。不思議《ふしぎ》と言《い》えば、今《いま》、鍵《かぎ》に触《ふ》れていないお爺《じい》ちゃんが、何《なん》で記憶《きおく》が残《のこ》ったままでいられるんだろう。

聞《き》いてみると、

「詳《くわ》しくは分《わ》からんがね、他《ほか》にも相違点《そういてん》がある。わしが昨夜《ゆうべ》拾《ひろ》い上《あ》げた時《とき》、記憶《きおく》は甦《よみがえ》ったものの光《ひか》ったりはしなかった。以前《いぜん》の記憶《きおく》では、さっきのように、ことあるごとに青白《あおじろ》く光《ひか》ったはずなんだがね」

どうやら状況《じょうきょう》に多少《たしょう》の違《ちが》いがあるみたい。何《いず》れにしても不《ふ》思《し》議《ぎ》なのに変《か》わりはないけどさ。

「それにしても、これがタイムマシンだとはなぁ」

何《なん》かいまいちピンと来《こ》ないって言《い》うか、イメージが違《ちが》うって言《い》うか。はっきり言《い》わせてもらうと実《じつ》はまだ信《しん》じられない。

実際《じっさい》に体験《たいけん》しておきながら何《なに》を今更《いまさら》って感《かん》じだけど、感覚的《かんかくてき》にどうしても違和感《いわかん》があるんだよな。

って言《い》うか、タイムスリップという偉業《いぎょう》をやってのける装置《そうち》としては、この古臭《ふるくさ》い小物《こもの》は微妙《びみょう》に、いや、かなり物足《ものた》りない感《かん》じがしてさ。格好《かっこう》はいいんだけど。

首《くび》を傾《かし》げてたら、

「疑問《ぎもん》を抱《いだ》くのも無理《むり》ないがね。だが、この鍵《かぎ》によってこうして今《いま》、君《きみ》はここにいて、わしとこうして話《はなし》をしておる。紛《まぎ》れもない事実《じじつ》だろう？」

見透《みす》かしたように言《い》われちゃった。確《たし》かにそうなんだけどさ。

「でも、行《い》きたい時代《じだい》を設定《せってい》するダイヤルみたいなのもないし、スイッチとかもないでしょ？　それどころか、錆《さ》びッサビの真《ま》っ黒《くろ》けで骨董品《こっとうひん》みたいなんだもん」

摘《つま》み上《あ》げて翳《かざ》しながら眺《なが》めてると、「なるほど、確《たし》かに君《きみ》の言《い》うとおりだ」って笑《わら》ってる。

　だから調子《ちょうし》に乗《の》って、

「だいたい、リアリティーがないよね。まるで魔法《まほう》のアイテムみたいで、ちっとも科学的《かがくてき》じゃないんだもん」

　ってオレも笑《わら》い返《かえ》したんだ。そしたら途端《とたん》に切《き》り替《か》わった真顔《まがお》が、身《み》を乗《の》り出《だ》すようにして、

「そこだよ。そこにこそ、わしら人間《にんげん》がいつまで経《た》っても超《こ》えられないであろう一線《いっせん》がある」

　いきなり、そう切《き》り出《だ》したかと思《おも》うと、お爺《じい》ちゃんは目《め》を凝《こ》らすようにオレを見《み》つめながら尚《なお》も続《つづ》けた。

「君《きみ》も見《み》ただろう、この物体《ぶったい》が突然《とつぜん》どこからともなく現《あらわ》れるのを。発光《はっこう》するたびに超常的《ちょうじょうてき》な現象《げんしょう》を引《ひ》き起《お》こすのを。こんなふうに、現代《げんだい》の科学《かがく》では決《けっ》して解明《かいめい》できない、魔法《まほう》とも言《い》える未知《みち》の世界《せかい》が、まだまだこの世《よ》にはたくさんあるに違《ちが》いない」

　呆気《あっけ》にとられてるオレをよそに、その穏《おだ》やかな口調《くちょう》が徐々《じょじょ》にテンポアップしてゆく。

「あの時《とき》に思《おも》ったんだ。きっと、科学《かがく》という固定観念《こていかんねん》に囚《とら》われていたなら、タイムマシン

など永遠《えいえん》に作《つく》れはしないだろうと……いや、そもそも時空間移動《じくうかんいどう》などというもの自体《じたい》、人間《にんげん》が足《あし》を踏《ふ》み入《い》れるべきでない、神《かみ》のみぞ知《し》る領域《りょういき》なのではないかとね」

「神《かみ》のみぞ知《し》る、領域《りょういき》……」

「つまり、わしら人間《にんげん》の手《て》で意図的《いとてき》に作《つく》り出《だ》すことが最初《さいしょ》から許《ゆる》されていないもの。それ以前《いぜん》に、人間《にんげん》が好《す》き勝手《かって》に弄《いじ》くってはならない世界《せかい》……だからこそ事後《じご》には記憶《きおく》が消去《しょうきょ》される。そうは思《おも》わんかね？　万《まん》が一《いち》、科学《かがく》の力《ちから》で開発《かいはつ》されることがあれば、人類《じんるい》のみならず、全宇宙《ぜんうちゅう》をも危機《きき》に陥《おとしい》れる危険性《きけんせい》がある。もしもわしが神様《かみさま》なら、恐《おそ》らくそう判《はん》断《だん》して、人間《にんげん》にそこまでの知恵《ちえ》は与《あた》えないだろうと思《おも》うんだ」

話《はなし》を聞《き》きながら、前《まえ》に読《よ》んだマンガのことを思《おも》い出《だ》した。

悪《わる》い組織《そしき》がタイムマシンを使《つか》って、自分《じぶん》らの都合《つごう》のいいように過去《かこ》の歴史《れきし》を塗《ぬ》り替《か》えてしまおうとするやつ。実際《じっさい》にそんなことをされたら、かなりやばいってのはオレにだって分《わ》かる。

「皮肉《ひにく》なことに、夢《ゆめ》のような世紀《せいき》の大発明《だいはつめい》が、必《かなら》ずしも人類《じんるい》にとって幸福《こうふく》をもたらすものだとは限《かぎ》らないんだ。科学技術《かがくぎじゅつ》というのは使《つか》い方《かた》を間違《まちが》えると恐《おそ》ろしい獣《けもの》と化《か》す二面性《にめんせい》を持《も》ち合《あ》わせているからね。ましてや時空間移動《じくうかんいどう》ともなれば、その一切《いっさい》を神《かみ》に封印《ふういん》されたとしても何《なん》ら不思議《ふしぎ》ではないくらいの危険性《きけんせい》を秘《ひ》めているのだから。恐《おそ》らく、科学《かがく》の限界《げんかい》というボーダーラインも、その封印《ふういん》によって予《あらかじ》め定《さだ》められているのではないか、そんな気《き》がしたんだよ」

難《むずか》しいんだけど、オレたちは今《いま》すげえレベルの高《たか》い話《はなし》をしてるんだって、そう思《おも》うだけで胸《むね》が高鳴《たかな》った。

その真剣《しんけん》な顔《かお》を見《み》てるだけで、『神《かみ》のみぞ知《し》る領域《りょういき》』に足《あし》を踏《ふ》み入《い》れたような気《き》がして、妙《みょう》な緊張感《きんちょうかん》に鳥肌《とりはだ》が立《た》った。

「科学《かがく》の世界《せかい》が大好《だいす》きだったよ。もちろん、今《いま》もだがね」

少《すこ》しの間《ま》の後《あと》、一度《いちど》深《ふか》く息《いき》をしてから、普段《ふだん》の落《お》ち着《つ》いた調子《ちょうし》でお爺《じい》ちゃんは言《い》った。

「ただそれが、タイムマシンからはもっとも遠《とお》くかけ離《はな》れた学問《がくもん》であると、そう感《かん》じたのも確《たし》かなんだ」

ふと、遠《とお》くの方《ほう》に目《め》をやって静《しず》かに微笑《ほほえ》む。

そして、もう一度《いちど》大《おお》きく息《いき》をすると、キリキリと椅子《いす》を軋《きし》ませながら、

「しかし、時間《じかん》というのは不思議《ふしぎ》なものだと思《おも》わんかね」

と言《い》って、深《ふか》く背《せ》にもたれかかった。

「考《かんが》えてみれば、いつ始《はじ》まったのかも、いつ終《お》わるのかも分《わ》からない。誰《だれ》の周《まわ》りにも常《つね》にあるのに、その正体《しょうたい》が何《なん》なのかは誰《だれ》にも分《わ》からない。それ故《ゆえ》に、色《いろ》んな分野《ぶんや》で様々《さまざま》な解釈《かいしゃく》がなされてはいるが……わしはこう思《おも》うんだ。時間《じかん》とは、きっと宇宙《うちゅう》の命《いのち》そのものだと」

「命《いのち》？」

「そう。この果《は》てしない宇宙《うちゅう》を流《なが》れる、真無限《しんむげん》の命《いのち》。すなわち万物《ばんぶつ》の創造《そうぞう》に関《かか》わるエネルギーの源《みなもと》さ。全《すべ》てのものはこの時間《じかん》という目《め》に見《み》えないエネルギーによって創《つく》り出《だ》され、生《い》かされ、存在《そんざい》しておる。君《きみ》もわしも、動物《どうぶつ》や植物《しょくぶつ》、水《みず》、空気《くうき》に至《いた》るまでありとあらゆるものの全部《ぜんぶ》がね。もしもこの世《よ》に時間《じかん》というものがなければ、何一《なにひと》つ存在《そんざい》しない無《む》の世界《せかい》だったのではないか、とさえ思《おも》うんだ」

度重《たびかさ》なる興奮《こうふん》と難題《なんだい》とで、もういい加減思考回路《かげんしこうかいろ》がパンクしそうなのに。

何《なん》だろう、話《はなし》に出《で》てくる言葉《ことば》の一《ひと》つ一《ひと》つに魅力《みりょく》があって、その響《ひび》きに酔《よ》いしれつつ必死《ひっし》についていこうとしてる自分《じぶん》がいた。

とにかくスケールのでかい話《はなし》に、気《き》がつけば顔《かお》なんかもう湯気《ゆげ》が出《で》そうなほど火照《ほて》っちゃって。まるで運動会《うんどうかい》の騎馬戦《きばせん》で最後《さいご》まで生《い》き残《のこ》った時《とき》みたいに気分《きぶん》が高《たか》ぶって、熱《あつ》い。マジ熱《あつ》い。

「そんな壮大《そうだい》な命《いのち》の鼓動《こどう》を常《つね》に感《かん》じていられたら、こんなに素晴《すば》らしいことはないと思《おも》わんかね？」

お爺《じい》ちゃんは、再《ふたた》び懐中時計《かいちゅうどけい》の機械《きかい》を手《て》に取《と》ると、

「ひょっとしたら、神《かみ》の領域《りょういき》にも通《つう》じてるんじゃないかってね。宇宙《うちゅう》の歴史《れきし》と共《とも》に無限《むげん》の時《とき》を刻《きざ》む、この時計《とけい》という機械《きかい》がさ」

そう言《い》って、添《そ》えた手《て》のひらの上《うえ》でゆっくりそれを傾《かたむ》けながら、愛《いと》しそうに眺《なが》めた。

オレはオレでその顔《かお》を眺《なが》めながら、きっとこの熱《あつ》さは、お爺《じい》ちゃんが感《かん》じてるのと同《おな》じ温度《おんど》なんじゃないかって。そして、『男《おとこ》のロマン』ってのがほんの少《すこ》し、何《なん》となくだけど分《わ》かった気《き》がした。

――神《かみ》の領域《りょういき》かぁ。

何《なん》だか急《きゅう》に、この鍵《かぎ》がとてつもなく神聖《しんせい》なものに思《おも》えてきて。大切《たいせつ》にしなくちゃって、思《おも》わずぎゅッと握《にぎ》り締《し》めたら、

「失《な》くさぬように、常《つね》に身《み》に着《つ》けておいた方《ほう》がいいだろう」

お爺《じい》ちゃんはそう言《い》って、引《ひ》き出《だ》しから、くすんだ金色《きんいろ》の細《ほそ》い鎖《くさり》を取《と》り出《だ》した。

「これは？」と聞《き》くと、「時計用《とけいよう》の使《つか》い古《ふる》しだと思《おも》うがね、ネックレスにしてぶら下《さ》げておくといい」と言《い》いながら、鍵《かぎ》に通《とお》してくれてる。

言《い》われたとおり後《うし》ろを向《む》いて待《ま》ってると、首《くび》のところで冷《つめ》たさとくすぐったさが入《い》れ替《か》わり立《た》ち代《か》わり。どうやら留《と》め金《がね》に悪戦苦闘《あくせんくとう》してるみたい。結局《けっきょく》、「年《とし》をとるとこれだから困《こま》る」って、わざわざキズミで見《み》ながら着《つ》けてくれた。

「これでよしと。どれ、見《み》せてごらん。ほほう、なかなか様《さま》になってるね。長《なが》さもちょうどいいようだ」

「ありがとう」ってさっそく服《ふく》の中《なか》にしまったら、一気《いっき》に背筋《せすじ》が伸《の》びたよ。いやでも『気《き》をつけ』しちゃうって、これ。マジで冷《つめ》たすぎ。

身震《みぶる》いに引《ひ》きつった顔《かお》を笑《わら》われつつも、しっとりとした重《おも》みを感《かん》じながら変《へん》な優越感《ゆうえつかん》に浸《ひた》っていると、何《なん》だかお店《みせ》の方《ほう》から騒《さわ》がしい気配《けはい》を感《かん》じた。

と思《おも》ったら、

「セージ！」

いきなりバーンと表《おもて》のドアが開《あ》く音《おと》がして、お父《とう》さんの「こら、もっと静《しず》かに開《あ》けろ」という声《こえ》と共《とも》に慌《あわ》ただしい靴音《くつおと》が入《はい》ってきた。

いつからオレの名前《なまえ》が帰宅《きたく》の挨拶代《あいさつが》わりになったのかって、突《つ》っ込《こ》む間《ま》もなく、ガッタガッタと弾《はず》ませながら木戸《きど》の向《む》こう側《がわ》を通《とお》り過《す》ぎてゆく。

二人《ふたり》して顔《かお》を見合《みあ》わせたまま耳《みみ》を澄《す》ましてると、どうやら家《いえ》の中《なか》でもせわしなくオレの名前《なまえ》を叫《さけ》んでるようだ。

「新米兄貴《しんまいあにき》がさがしてるようだぞ、ほれ、遊《あそ》んでおいで」

笑顔《えがお》に促《うなが》され立《た》ち上《あ》がろうとしたところへ、戻《もど》ってきた叫《さけ》び声《ごえ》が木戸《きど》を勢《いきお》いよく開《あ》け放《はな》した。

「セージ！　どこだ、ここか、大変《たいへん》だ、大変《たいへん》だ！」

はぁはぁ言《い》ってる。

「そう慌《あわ》てなさんな。お前《まえ》さんの相棒《あいぼう》は逃《に》げも隠《かく》れもせんよ。それで、今日《きょう》は何人《なんにん》足《た》りないのかね？」

お爺《じい》ちゃんがからかうように言《い》うと、「それどころじゃないよ、Kリーグ存続《そんぞく》の危機《きき》なんだ！」って。

どういうことなんだ。

「とにかく行《い》くぞ、セージ！」

意味分《いみわ》かんないけど、「早《はや》く早《はや》く！」って急《せ》かすから、とりあえずまた一緒《いっしょ》に行《い》くことにした。

でも今日《きょう》のオレは違《ちが》うぜ。咄嗟《とっさ》に万全《ばんぜん》の対策《たいさく》を講《こう》じたから、もうあんなふうにはさせな……

「おあっ！　やめろ、放《はな》せっ！」

「ほら、早《はや》く！」

くそッ、腕《うで》まくりしといたのに、今度《こんど》は裾《すそ》かよ！

「だから引《ひ》っ張《ぱ》るなよ！　脱《ぬ》げちゃうってば！」

「急《いそ》げ、急《いそ》ぐんだ！」

「何《なん》だってんだ、もう！　うおーッくおーッ！」

結局《けっきょく》オレは今日《きょう》も、強制連行《きょうせいれんこう》される狂犬《きょうけん》のように吠《な》く吠《な》く部屋《へや》をあとにしたのであった。

3

北風《きたかぜ》——

広《ひろ》がる景色《けしき》から、色《いろ》という色《いろ》を奪《うば》ってくように吹《ふ》き荒《すさ》ぶ、冷《つめ》たい風《かぜ》。

今朝《けさ》は青《あお》かった空《そら》も歩道《ほどう》の常緑《じょうりょく》も、ところどころ目《め》につく赤《あか》いトタン屋根《やね》でさえ仄暗《ほのぐら》く色褪《いろあ》せ、寂《さ》びついて。

車道《しゃどう》のアスファルトも建物《たてもの》の窓《まど》も、あの厚《あつ》ぼったい雲《くも》を溶《と》いた上澄《うわず》み液《えき》で、半透明《はんとうめい》な鉛《なまり》色《いろ》を上塗《うわぬ》りされたかのよう。


そう言《い》えば北風《きたかぜ》って、本当《ほんとう》に北《きた》から吹《ふ》いてくるのかな。

実際《じっさい》、この風《かぜ》がどの方角《ほうがく》から吹《ふ》いてくるのかなんて考《かんが》えたこともないけど。

って言《い》うか、常《つね》に一定方向《いっていほうこう》からじゃないよな、特《とく》にこの辺《あた》りってさ。

山《やま》の上《うえ》から吹《ふ》き下《お》ろされてきたようでもあり、海《うみ》の方《ほう》から吹《ふ》き上《あ》げられてきたようでもあり——

どっちにしても、こんな寒《さむ》い冬《ふゆ》を過《す》ごさなきゃいけないオレたちって、やっぱり損《そん》な気《き》がするよ。特《とく》にこういう時《とき》はさ。

どこかにぬくもりを求《もと》めても、見《み》るもの触《ふ》れるもの全《すべ》てが人《ひと》に厳《きび》しく、受《う》け入《い》れを拒否《きょひ》するかのように重《おも》く閉《と》ざして知《し》らんぷり。

来《き》た風《かぜ》は、決《けっ》して沈《しず》んだ気持《きも》ちを吹《ふ》き飛《と》ばすことなく、逆《ぎゃく》に僅《わず》かな望《のぞ》みさえ奪《うば》い去《さ》るようにただ冷《つめ》たく、非情《ひじょう》に、心《こころ》の中《なか》を通《とお》り過《す》ぎてゆく。

走《はし》ったり、動《うご》いたりしてる時《とき》はいいんだ。だけどこうやって風《かぜ》の通《とお》り道《みち》に身《み》を委《ゆだ》ねたまま、じっとしてると、鼻《はな》の先《さき》から始《はじ》まって、気分《きぶん》までもが凍《こお》りつきそう。


「あ〜あ、マジかよ」

隣《となり》でコウちゃんが、さっきからそればっかり言《い》いながら、行《い》き交《か》う車《くるま》をぼんやり見下《みお》ろしてる。

「あっちは遊《あそ》びじゃないんだから、仕方《しかた》ないよな」

その横《よこ》で洋平《ようへい》もまた、ランドセルが上下《じょうげ》するくらい深《ふか》くため息《いき》をついてるし、

「つちゅーか強引《ごういん》だよな、相手《あいて》が小学生《しょうがくせい》だからってさ。酷《ひど》いよな」

向《む》こう端《はし》の坂《さか》ピーなんて、この世《よ》の終《お》わりみたいに憂鬱《ゆううつ》な顔《かお》してるし。

みんな掴《つか》んだ鉄柵《てっさく》と鉄柵《てっさく》の間《あいだ》に、揃《そろ》いも揃《そろ》ってそのしょぼくれた顔《かお》を突《つ》き入《い》れ、うな垂《だ》れてる。

「あ〜あ……」

オレたちは、歩道橋《ほどうきょう》の上《うえ》から動物園《どうぶつえん》のゴリラみたいに間抜《まぬ》けな姿《すがた》を晒《さら》しつつ、どうにもやるせない現実《げんじつ》に黄昏《たそが》れていた——


あの後《あと》、必死《ひっし》に裾《すそ》から手《て》を解《ほど》き、怒《いか》りの猛《もう》ダッシュで思《おも》いっきり振《ふ》り切《き》ってやったぞザマーミロ。ってとこまではよかったんだ。

ところが、二人《ふたり》して口《くち》も利《き》けないほど息《いき》せき切《き》って辿《たど》り着《つ》いたら、マリンブルーとエンジが土手《どて》の上《うえ》で呆然《ぼうぜん》としてて。

河川敷《かせんじき》を見下《みお》ろすとそこには、声高《こえたか》らかに走《はし》り回《まわ》る、ゼッケン姿《すがた》の高校生《こうこうせい》らしき人《ひと》たち

がたくさんいた。

「遅《おそ》かったか」って膝《ひざ》から崩《くず》れ落《お》ちるコウちゃん。

思《おも》わず、「え、何《なん》で、これどういうこと？」って聞《き》いたら、「のっとられちまった」とガックリ肩《かた》を落《お》としてる。

どうやら学校《がっこう》から帰《かえ》る途中《とちゅう》、チャリに乗《の》った数人《すうにん》のゼッケンがグラウンド入《い》りするのを見《み》かけて、やばいと思《おも》ったらしいんだけど、

「初《はじ》めから話《はなし》になんないよ。冬《ふゆ》の間《あいだ》はここで体力《たいりょく》づくりすることに決定《けってい》したとかで、有無《うむ》も言《い》わさず追《お》い出《だ》されたんだ」って、『なん小《しょう》』のやつもため息《いき》をついてる。

話《はなし》によれば、学校《がっこう》のグラウンドは春《はる》の甲子園出場《こうしえんしゅつじょう》がほぼ確定《かくてい》してる野球部《やきゅうぶ》に全面占領《ぜんめんせんりょう》されたため、サッカー部《ぶ》がわざわざここまで練習場所《れんしゅうばしょ》を求《もと》めてやって来《き》たらしい。結果《けっか》、ただ遊《あそ》び目的《もくてき》のオレたちは反論《はんろん》する余地《よち》もなく、皆《みんな》しぶしぶ引《ひ》き上《あ》げてきたってわけ。

港洋東高校《こうようひがしこうこう》サッカー部《ぶ》と言《い》えば、今《いま》や県大会決勝戦《けんたいかいけっしょうせん》の常連校《じょうれんこう》なんだけど。国立《こくりつ》にも一回《いっかい》行《い》ってるし。

それなのに昔《むかし》は随分《ずいぶん》と立場《たちば》が弱《よわ》かったんだなぁ。

「なぁ、これからどうする？　せっかくあいつらとも仲《なか》よくなって盛《も》り上《あ》がってきてたの

にさー……」

「つちゅーか、あんないい場所《ばしょ》、もうどこにもないよなー……」

「あ〜あ、マジかよ。もう、超超《ちょうちょう》チョー最悪《さいあく》……」

三人《さんにん》とも、目《め》も合《あ》わさず風《かぜ》に掻《か》き消《け》されそうな声《こえ》でボソボソ言《い》い合《あ》ってる。さっきから、ずーっとこう。

「今日《きょう》は一緒《いっしょ》に、『カズダンス』やろうと思《おも》ってたのになぁ……」

オレも結構《けっこう》ショックだった。昨日《きのう》の思《おも》いがけない楽《たの》しさが、今日《きょう》は思《おも》いもよらない形《かたち》で奪《うば》われたんだから。

ましてや、この先《さき》もずっと楽《たの》しく続《つづ》いたであろう『Kリーグ』そのものを奪《うば》われちまった彼《かれ》らにしたら、それはもう、絶望《ぜつぼう》以外《いがい》の何物《なにもの》でもないだろうな……そう思《おも》ったら、オレもため息《いき》しか出《で》てこなかった。

「あれ？」

不意《ふい》に洋平《ようへい》が、睨《にら》むように遠《とお》くを見《み》つめて言《い》う。

「あれ、ひっこじゃねーか？」

「え、どれよ。どこ？」

「あれ、あれ、あそこであっちに向《む》かって歩《ある》いてるやつ」

「あれとかあそこじゃ分《わ》かんねーよ」

坂《さか》ピーがつっ込《こ》むと、面倒《めんどう》くさそうに舌打《したう》ちして言《い》い返《かえ》す。

「目《め》ぇ悪《わり》ぃなぁ、あそこだよ、今《いま》ほら、信号待《しんごうま》ちしてる、あれ」

「あれか、もう一個向《いっこむ》こうの信号《しんごう》のところだろ？」

コウちゃんが指差《ゆびさ》すと、

「そうそう、あれ。手提《てさ》げみたいなの持《も》ってるやつ」

洋平《ようへい》も同《おな》じ辺《あた》りを指差《ゆびさ》す。

すると坂《さか》ピーも、「ああー」と目《め》を細《ほそ》め、ようやく分《わ》かったようで大《おお》きく頷《うなず》いた。

「つちゅーか、よく気《き》づくよなぁお前《まえ》、チビ助《すけ》のくせに目《め》だけはいいよな」

「背《せ》は関係《かんけい》ねぇだろ、バカピー」

「バカとは何《なん》だ、チビ五郎《ごろう》のくせに」

「チビとは何《なん》だ、デカピーのくせに」

「でもあいつ、何《なに》やってんだろ。俺《おれ》らの誘《さそ》い断《ことわ》っといてさ」

凸凹《でこぼこ》コンビの掛《か》け合《あ》いを受《う》け流《なが》しつつ、コウちゃんがそう呟《つぶや》くと、

「そう言《い》えば最近《さいきん》、めっきり付《つ》き合《あ》い悪《わる》くなったよな、ひっこのやつ」

「つちゅーか、いつも帰《かえ》りの会《かい》が終《お》わるのと同時《どうじ》に、さっさと一人《ひとり》で帰《かえ》っちまうもんな。お寺《てら》の仕事《しごと》でも手伝《てつだ》ってんのかな」

二人《ふたり》とも首《くび》を傾《かし》げてる。

たまに出《で》てくる名前《なまえ》だけど、会《あ》ったこともないから、「ひっこ、って誰《だれ》？」ってコウちゃんに聞《き》いたら、「仙越寺《せんつうじ》ってお寺《てら》の末《すえ》っ子《こ》のやつ」だって。

仙越寺《せんつうじ》ならよく知《し》ってるから、思《おも》わず「ああー、あの一番若《いちばんわか》いお坊《ぼう》さんかぁ」って口《くち》に出《だ》したら、皆《みんな》に「え？」みたいな顔《かお》されて。マジ焦《あせ》ったよ。

でもすぐに洋平《ようへい》が、「まさかとは思《おも》うけどさぁ」って話《はなし》を戻《もど》してくれてホッとした。

「あいつ、俺《おれ》らと縁切《えんき》ったとか言《い》わねぇよな？」

その訝《いぶか》しげな呟《つぶや》きに、コウちゃんが今度《こんど》は少《すこ》し笑《え》みを浮《う》かべて、

「男《おとこ》の世界《せかい》に限《かぎ》ってそれはねぇよ絶対《ぜったい》。元《もと》『ムテキーズ』ん時《とき》からの結束《けっそく》はめちゃくちゃ固《かた》いんだぜ？」

と言《い》うと、

「そうだよ」

坂《さか》ピーも真面目《まじめ》な顔《かお》して頷《うなず》く。

「っちゅーか、『ムテキーズ』の絆《きずな》はマフィンより固《かた》いからな」

「マフィアだろ、バカピー」

皆《みんな》、ふん、と鼻《はな》で笑《わら》った。

やがて、その姿《すがた》も見《み》えなくなると、コウちゃんが透明感《とうめいかん》のない空《そら》を見上《みあ》げてまた呟《つぶや》いた。

「前《まえ》はさー、四人《よにん》でよくつるんで野球《やきゅう》とかやったんだよな。ああ懐《なつ》かしー、ウミネコ公《こう》園《えん》」

「俺《おれ》、あれから行《い》ってねぇよ、怖《こわ》くてさ」

「俺《おれ》も。っちゅーかさ、あの後《あと》、公園内全部《こうえんないぜんぶ》が、ボールの使用禁止《しようきんし》とかになったらしいぜ？」

「マジで⁉」

みんな一斉《いっせい》に、あの雲《くも》のようなどんより重《おも》いため息《いき》をつく。

どうも今日《きょう》は、何《なに》を話《はな》してもテンションが下《さ》がる一方《いっぽう》みたい。

「何《なん》かさ、俺《おれ》らの居場所《いばしょ》がどんどんなくなってくような気《き》がしねぇ？」

少《すこ》して、不意《ふい》に向《む》きの変《か》わった風《かぜ》から顔《かお》を背《そむ》けるように、洋平《ようへい》がこちらに話《はなし》をふってくる。

「ああ。空《あ》き地《ち》とかも建物《たてもの》が建《た》つ予定《よてい》のところばっかりで、どこも立《た》ち入《い》り禁止《きんし》だしな」

「そう言《い》えばほら、でっかいスーパーが来《く》るって言《い》うじゃん」

「あ、それ、俺《おれ》もお父《とう》さんから聞《き》いたよ。あのだだっ広《ぴろ》くて草《くさ》ボーボーのところだろ？」

二人《ふたり》の会話《かいわ》に、坂《さか》ピーもすかさず割《わ》って入《はい》る。

「ほら見《み》ろ、俺《おれ》の言《い》うとおりだったろ？　そのせいでウミネコ通《どお》りがなくなっちゃうんだって」

「おい、まだなくなるとは決《き》まってないだろ、そうなるかもしんないっていうだけだろ」

コウちゃんが、聞《き》き捨《ず》てならないと言《い》わんばかりに切《き》り返《かえ》すと、

「そうだよ坂《さか》ピー、何決《なにき》め付《つ》けてんだ、まったく。この、アホ、マヌケ」

出《で》たな、得意《とくい》の脇腹攻撃《わきばらこうげき》。何《なん》かだんだん調子戻《ちょうしもど》ってきたかも。

その小刻《こきざ》みなボディジャブを器用《きよう》にかわしながら坂《さか》ピーが、

「でも聞《き》き間違《まちが》いじゃなかったろ。それに、もう既《すで》にお店《みせ》をやめたところだってあるし、これからそういうのが増《ふ》えてくって言《い》ってたろ」

と反論《はんろん》すると、急《きゅう》にニヤッといたずらっぽい顔《かお》になったコウちゃんが向《む》こう端《はし》に回《まわ》り込《こ》む。きたきた。

「それじゃ困《こま》るんだよ、おら、おらッ」

「あっ、このっ、やめっ、ろってのっ」

始《はじ》まったよ、また。場所《ばしょ》はお構《かま》いなしだなこの三人《さんにん》は、まったく。でも楽《たの》しいよ、この方《ほう》がさ。

さすがの少年横綱《しょうねんよこづな》も、ダブル攻撃《こうげき》にごつい身体《からだ》をピョコピョコさせながら、しかしめげずに尚《なお》も言《い》う。

「現《げん》にさ、宮嶋《みやじま》んとこっ、も、お店《みせ》やめっ、るんだからっ、あああ、もう！」

「え？」

急《きゅう》にコウちゃんの手《て》が止《と》まる。

「本当《ほんとう》か、それ」

「昨夜《ゆうべ》、宮嶋《みやじま》の母《かあ》ちゃんがコーヒー飲《の》みに来《き》て話《はな》してるの聞《き》いたんだ。もう、引越《ひっこ》しの準《じゅん》備《び》できたとかって」

「またまたぁ、やめるとは言《い》ってないじゃんか。それこそ聞《き》き間違《まちが》いじゃねぇの？　この、アホ、マヌケ」

「だから聞《き》き間違《まちが》いなんかじゃねぇってばっ！　その証拠《しょうこ》に、あいつ今日《きょう》、学校休《がっこうやす》んだっ、だろ、向《むこ》うの学校《がっこう》に挨拶《あいさつ》っ、しに行《い》くって言《い》ってたっ、んだっ」

「さては、目《め》は悪《わる》いけど地獄耳《じごくみみ》か？　まったく盗聴《とうちょう》ばっかしやがって、このっ、このっ」

「人聞《ひとぎ》きの悪《わる》いこと言《い》うな！　商売柄《しょうばいがら》うちには、町内《ちょうない》のっ、情報《じょうほう》っ、が集《あつ》まってくっ、るだけだっ、あああ、もう！　しつこいぞ洋平《ようへい》！」

横綱渾身《よこづなこんしん》の払《はら》いをヒラリとかわした茶髪《ちゃぱつ》が、笑《わら》って逃《に》げ回《まわ》りながら「ピンポンパンポーン」と町内放送《ちょうないほうそう》のアナウンスをまねて大声《おおごえ》で叫《さけ》び散《ち》らす。

「皆《みな》さん！　喫茶《きっさ》・来夢《ライム》には巨大《きょだい》な盗聴器《とうちょうき》が住《す》んでますよぉ!!」

「こいつ、ふざけんなっ！　待《ま》てこの!!」

ついにぶち切《き》れた坂《さか》ピーが顔《かお》を真《ま》っ赤《か》にして駆《か》け出《だ》すと、大小《だいしょう》ランドセルの弾《はず》む音《おと》に合《あ》わせて歩道橋《ほどうきょう》が揺《ゆ》れる揺《ゆ》れる。マグニチュード八《はち》くらいいってんじゃねーの、これ、マジで地震《じしん》みたい。

瞬《またた》く間《ま》に階段《かいだん》を駆《か》け下《お》り、路上《ろじょう》で『ウサギとカメ』を繰《く》り広《ひろ》げながら小《ちい》さくなるランドセルたちを見送《みおく》りつつ、

「まったく、仲《なか》がいいんだか悪《わる》いんだか、本《ほん》っ当《とう》、楽《たの》しい連中《れんちゅう》だね」

なんて、笑《わら》いながらふと横《よこ》を見《み》ると、

「あ〜あ、マジかよ……」

そこには、まだ一人《ひとり》、呆然《ぼうぜん》と立《た》ち尽《つ》くし黄昏《たそが》れるコウちゃんの姿《すがた》があった——


帰《かえ》ると、お母《かあ》さんが玄関《げんかん》で待《ま》ち構《かま》えていた。

「まったく。今日《きょう》という今日《きょう》は、本当《ほんとう》に許《ゆる》さないから」

どうやら、いつになくランドセルを派手《はで》にぶん投《な》げたまま出《で》かけたのがやばかったらしい。

だけど、コウちゃんがやけに元気《げんき》ないのと、オレたちの服《ふく》が全然《ぜんぜん》汚《よご》れてないことに気《き》づくと、「何《なに》かあったの？」って、逆《ぎゃく》に心配《しんぱい》そうな顔《かお》してる。

ここは第三者《だいさんしゃ》のオレが、言《い》いわけを含《ふく》め、ことの経緯《けいい》を説明《せつめい》すべきなのかと思《おも》い、

「あの、実《じつ》は……」

言《い》いかけると、

「何《なん》でもない。人生《じんせい》に疲《つか》れただけ」

コウちゃんはそう言《い》い残《のこ》して、さっさと二階《にかい》に上《あ》がってしまった。

晩《ばん》ご飯《はん》の席《せき》では、いつものコウちゃんが今日《きょう》の河川敷《かせんじき》や歩道橋《ほどうきょう》でのことを面白《おもしろ》おかしく話《はな》して聞《き》かせ、皆《みんな》を笑《わら》わせていたけど。

何《なん》かオレには、無理《むり》して元気《げんき》に振舞《ふるま》ってるようにしか見《み》えなかった。

その夜《よる》、コウちゃんは早々《はやばや》と枕元《まくらもと》の電気《でんき》を消《け》して背中《せなか》を向《む》けた。

オレは、床《ゆか》の上《うえ》で寝《ね》るのがやっぱり慣《な》れないのと、初《はじ》めて身《み》に着《つ》けたネックレスの、寝《ね》返《がえ》りを打《う》つたびに胸《むね》を転《ころ》がる落《お》ち着《つ》かなさとで、なかなか寝付《ねつ》けずにいた。

だって、違和感《いわかん》あるからってちょっと肌《はだ》から離《はな》しとくと、ほら、氷《こおり》でも入《い》れられたのかってくらい冷《つめ》たいし。目《め》が冴《さ》えちゃって。

まるで、この鍵《かぎ》が自分《じぶん》の存在《そんざい》をアピールしてるみたい。ここにあるよ、失《な》くすなよって——

それにしても、今日《きょう》のお爺《じい》ちゃんの話《はなし》は面白《おもしろ》かったな。

うちのお店《みせ》のルーツとか、あんなに詳《くわ》しく聞《き》いたのは初《はじ》めてだった。何《なん》たって本人《ほんにん》から直《じか》に聞《き》いたんだから、これ以上《いじょう》はないよな。

タイムマシンの話《はなし》には、マジ興奮《こうふん》したし、熱《あつ》くなった。

で、思《おも》ったのは、こういうのはきっと年齢《ねんれい》とか関係《かんけい》ないってこと。

何《なん》か今《いま》まで、空想《くうそう》の世界《せかい》とかに興味《きょうみ》あるやつはガキっぽいんじゃないかって、勝手《かって》に決《き》めつけてたんだ。

でも違《ちが》うよ。お爺《じい》ちゃんを見《み》てて感《かん》じたんだ。いい大人《おとな》が真剣《しんけん》に語《かた》ってるからこそ格好《かっこう》いいんだって。それに空想《くうそう》じゃないもんな実際《じっさい》。

何《なん》たって今《いま》、オレの胸《むね》んとこにあるんだから、本物《ほんもの》のタイムマシンがさ。『時《とき》の鍵《かぎ》』だぜ。すげーよマジ。男《おとこ》のロマンだよな。

でもまさか、お爺《じい》ちゃんもこの鍵《かぎ》を使《つか》ったことがあったなんて思《おも》ってもみなかったよ。

本当《ほんとう》に不思議《ふしぎ》な鍵《かぎ》だよな、どういう条件《じょうけん》で現《あらわ》れるのかとか、何《なん》で光《ひか》るのかとか。まさに未知《みち》の世界《せかい》、神《かみ》のみぞ知《し》る領域《りょういき》ってやつだ。

あ、そう言《い》えば、お爺《じい》ちゃんはいつ、どこにタイムスリップしたんだろう……

「セージ。おい、セージ」

あれこれ考《かんが》えてたら、不意《ふい》にベッドからヒソヒソ声《こえ》が聞《き》こえてきた。

「もう寝《ね》た？」

「いや、寝《ね》てないよ」

オレも何《なん》となくヒソヒソと答《こた》えると、ゴソゴソと寝返《ねがえ》りを打《う》つような音《おと》がして、

「何《なん》か眠《ねむ》れなくてさ。お前《まえ》も？」

と、普通《ふつう》の話《はな》し方《かた》に戻《もど》しつつも低《ひく》く抑《おさ》えた声《こえ》が近《ちか》づいてくる。

「まぁ、眠《ねむ》れないって言《い》うか、ちょっと考《かんが》えごとしてたから」

何《なに》を考《かんが》えてたんだって聞《き》かれたら、どう答《こた》えようかって咄嗟《とっさ》に構《かま》えちゃったんだけど。

「お前《まえ》ってさ、何《なん》か不思議《ふしぎ》なやつだよな」

って、思《おも》いもよらないことを言《い》う。

「え、不思議《ふしぎ》って、何《なに》が？」

「んー、何《なん》て言《い》うかさ、前《まえ》から知《し》ってるやつのような気《き》もするんだけど、そうじゃなくて。でも最初《さいしょ》から、ここにいるのが当《あ》たり前《まえ》に思《おも》えちゃうような……よく分《わ》かんないけど、とにかく不思議《ふしぎ》なやつだよ」

言《い》いたいことが何《なん》となく分《わ》かるのは、オレ自身《じしん》、コウちゃんたちがいるこの家《いえ》に居心地《いごこち》のよさを感《かん》じてるからだろうか。

でも、何《なん》の根拠《こんきょ》もないのに、そういうふうに身近《みぢか》に感《かん》じてくれてるコウちゃんの方《ほう》が、逆《ぎゃく》にオレは不思議《ふしぎ》だけどな。

そして、そんなふうに感《かん》じてくれてるのかと思《おも》うと、やっぱり嬉《うれ》しい気持《きも》ちになるんだよな。


「お前《まえ》、サッカーうまいよな」

少《すこ》しの間《ま》の後《あと》、コウちゃんが思《おも》い出《だ》したようにボソッと言《い》った。

「そんな、大《たい》したことないよ。もっとうまくなりたいくらいだよ」

本当《ほんとう》にそう思《おも》ってるんだ。今《いま》はまだ、遊《あそ》びの域《いき》でしかないからな。

でも、そしたら、「羨《うらや》ましいよ、そういうの」って、意外《いがい》な一言《ひとこと》が返《かえ》ってきて。

「え？」

思《おも》わず声《こえ》の方《ほう》を見上《みあ》げると、また布団《ふとん》が動《うご》く音《おと》がして、枕《まくら》の辺《あた》りにパジャマの肘部分《ひじぶぶん》が現《あらわ》れた。

「俺《おれ》もそろそろ、何《なに》か夢中《むちゅう》になれることを見《み》つけなきゃいけないんだろうな。変《か》わんなきゃいけないんだろうな。分《わ》かってんだけどさぁ……」

何《なん》で人《ひと》って、考《かんが》えごとをする時《とき》、頭《あたま》の下《した》に手《て》を置《お》いて寝《ね》そべるんだろうって前《まえ》から思《おも》ってたんだけど。たぶん今《いま》、ベッドの上《うえ》はその状態《じょうたい》だろう。

案《あん》の定《じょう》、独《ひと》り言《ごと》みたいにそう呟《つぶや》くと、コウちゃんは何《なに》か考《かんが》えるように深《ふか》く息《いき》をついたまま黙《だま》り込《こ》んでしまった。

オレも、それに対《たい》して何《なに》を言《い》っていいのか分《わ》からず、ただ黙《だま》っていた。

まさかこのまま眠《ねむ》りに入《はい》ったんじゃないだろうなって思《おも》うくらいの沈黙《ちんもく》が続《つづ》いた後《あと》、あくび混《ま》じりの声《こえ》が気《け》だるそうに言《い》った。

「いやだなぁ、周《まわ》りの人《ひと》も物《もの》も、どんどん変《か》わっていってさぁ、何《なん》か俺《おれ》だけ、置《お》いてかれそうな気《き》がして……」

聞《き》いた瞬間《しゅんかん》、胸《むね》の奥《おく》の波《なみ》がそれを打《う》ち消《け》すように騒《さわ》ぎ出《だ》した。何《なに》言《い》ってんだ、そんなことないのにって。

オレは知《し》ってる。このコウちゃんがむちゃくちゃ努力《どりょく》して一流大学《いちりゅうだいがく》に入《はい》るのを。認《みと》めたわけじゃないけど、大企業《だいきぎょう》のエリートにだってなったんだ。すげえんだぞ、オレ

のお兄《にい》ちゃんはって。

だから思《おも》わず、「置《お》いてかれるわけないよ。絶対《ぜったい》に大丈夫《だいじょうぶ》に決《き》まってんじゃん」って言《い》ってやったら、

「お前《まえ》って、いいやつ、だなぁ……」

コウちゃんは、そう言《い》ったっきり静《しず》かに寝息《ねいき》を立《た》て始《はじ》めた。

「何《なん》だよ、寝《ね》ちゃったのかよ。まったくジコチューなんだから」

なぜか妙《みょう》に興奮《こうふん》してしまい、さっきより目《め》が冴《さ》えちまったけど。

コウちゃんの寝息《ねいき》を聞《き》いてると、よく分《わ》からない腹立《はらだ》たしさみたいなもので乱《みだ》れていた鼓動《こどう》が、次第《しだい》に落《お》ち着《つ》いていくのが不思議《ふしぎ》だった。

そして冷静《れいせい》になってみたら、少《すこ》しムキになって言《い》い返《かえ》した自分《じぶん》がおかしくなった。


何《なん》か俺《おれ》だけ、置《お》いてかれそうな気《き》がして……

オレは、相変《あいか》わらず胸《むね》の上《うえ》でアピールする『存在感《そんざいかん》』を気《き》にかけつつも、その言葉《ことば》に妙《みょう》な安心感《あんしんかん》を覚《おぼ》えて目《め》を閉《と》じた。

お兄《にい》ちゃんも、昔《むかし》は『鬼《おに》』でも『兄《あに》』でもなかったんだなって、そう思《おも》いながら——

「——鍵《かぎ》が見《み》つかってよかったね」

うん。あの、えーっと……

「——拾《ひろ》ってくれたのが、前《まえ》に同《おな》じ鍵《かぎ》を使《つか》ったことのある人《ひと》でよかった。私《わたし》の説明《せつめい》もある程度省《ていどはぶ》けたしね」

ああ、うん。でも、あの……

「——ああそうだった。鍵《かぎ》のことはね、それを持《も》っていない時《とき》には話《はな》せない決《き》まりになってる。たとえこの場《ば》であってもね。どこの世界《せかい》にもルールはつきものだからね」

あ、いや、そうじゃなくて、あなたは一体《いったい》、誰《だれ》でしょうか。

「──あら。ここでのパイプラインはもうできているはずなのに」

あの、確《たし》かに昨夜《ゆうべ》、そういう話《はなし》をしたけど、オレと話《はな》してたのはお爺《じい》さんだったから……

「──今《いま》は？　違《ちが》うかな？」

うん。声《こえ》が若《わか》いって言《い》うか、全然《ぜんぜん》お爺《じい》さんっぽくない感《かん》じって言《い》うか……

「──そう。じゃあ、ますます感度《かんど》が上《あ》がってきたんだね。鍵《かぎ》のせいもあるかもしれない」

え、それじゃ、もしかして昨夜《ゆうべ》のお爺《じい》さんと同《おな》じ人《ひと》なの？　喋《しゃべ》り方《かた》も声《こえ》も全然違《ぜんぜんちが》うのに。

「――昨夜《ゆうべ》言ったとおり、私《わたし》たちの姿《すがた》は見《み》る人《ひと》、感《かん》じる人《ひと》のイメージによって変《か》わるからね」

そ、そう言《い》えば、そうだったね。

でも参《まい》ったな。昨日《きのう》の今日《きょう》で、別人《べつじん》みたいにまるっきり違《ちが》っちゃうんだもんな。

「まぁ、今《いま》は、より本来《ほんらい》の私《わたし》に近《ちか》い状態《じょうたい》を感《かん》じて、君《きみ》の中《なか》のイメージが中和《ちゅうわ》されているんだと思《おも》うけど。こういうのは信《しん》じられないだろうね、君《きみ》たちには」

いや、ちょっと驚《おどろ》いたけど、もう最初《さいしょ》から不思議《ふしぎ》だらけだから、納得《なっとく》することにするよ。

「――そうこなくっちゃ。改《あらた》めまして、よろしくだね。結局《けっきょく》また初対面《しょたいめん》みたいになっちゃったけど、ふふふ」

でも本当《ほんとう》は、ずっと前《まえ》からオレに話《はな》しかけたりしてたんだよね？

「――そうだよ、ずーっと前《まえ》からね。この先《さき》もこうして会話《かいわ》までできたらいいんだけど、どうかな。でも少《すく》なくとも、この鍵《かぎ》の有効期限《ゆうこうきげん》までは大丈夫《だいじょうぶ》だろうね。今《いま》の時点《じてん》でこのくらいの感度《かんど》が出《で》ていればね」

やっぱり、有効期限《ゆうこうきげん》ってのがあるんだ。ねぇ、いつまでなの？　オレがこの鍵《かぎ》を使《つか》えるのは。

「――あと三日《みっか》だよ」

たった三日《みっか》かぁ……。

「――そう、あと三日《みっか》。こればっかりは誰《だれ》にもどうすることもできないからね」

分《わ》かってるよ、ルールなんでしょ？

「——これはルールというより、君《きみ》たちの世界《せかい》における時空構造《じくうこうぞう》の限界《げんかい》、かな」

時空構造《じくうこうぞう》の限界《げんかい》？　それってどういう……あ、いや、説明《せつめい》とかはいいや。今日《きょう》はそれでなくても頭《あたま》がパニクっちゃってるから。

「——そうだね、今日《きょう》は疲《つか》れただろうね。ゆっくり休《やす》んだ方《ほう》がいい。少《すこ》しでも回復《かいふく》させる体力《たいりょく》を残《のこ》しておかなきゃ」

体力《たいりょく》を？　んーよく分《わ》かんないけど、今日《きょう》はマジ、もういいや。

「——また明日《あした》ね」

うん。おやすみ……

下巻《げかん》へ続《つづ》く

あとがき

読者《どくしゃ》の皆《みな》さん、まずはここまで読《よ》み進《すす》めてくださって、ありがとうございます！

そして、お疲《つか》れ様《さま》でした。

さて、いきなりですが質問《しつもん》です。感覚的《かんかくてき》に今《いま》、あなたの気持《きも》ちはどっちですか？「もう半分《はんぶん》も読《よ》んじゃったのか！」でしょうか、それとも「まだ半分《はんぶん》しか読《よ》んでないのかよー」でしょうか？　「もう」の人《ひと》は素晴《すば》らしいですね。きっと、あなたは読書《どくしょ》が好《す》きな人《ひと》なのでしょう。そのまま物語《ものがたり》の旅《たび》を存分《ぞんぶん》に楽《たの》しんでもらえたら嬉《うれ》しいです。では「まだ」の人《ひと》はどうでしょう。あなたはどちらかと言《い》うと読書《どくしょ》が苦手《にがて》な人《ひと》、かもしれませんね。もしかしたら、こんなに長《なが》いお話《はなし》を読《よ》むこと自体《じたい》が初《はじ》めて、という人《ひと》なのかもしれません。

実際《じっさい》、結構《けっこう》なページ数《すう》ですよね。下手《へた》したらこの上巻《じょうかん》だけで、まるまる国語《こくご》の教科《きょうか》書一冊分《しょいっさつぶん》くらいのボリュームがあるんじゃないかな。

なるほど。だとしたら確《たし》かに長《なが》い。そりゃ読《よ》むのが大変《たいへん》ってもんです。分《わ》かりますよ。すごくよく分《わ》かります……って。

自分《じぶん》で長《なが》い物語《ものがたり》を書《か》いておきながら言《い》うのもおかしな話《はなし》ですが、私《わたし》には分《わ》かるんです。そう、「まだ」の人《ひと》の気持《きも》ちが。なぜなら私自身《わたしじしん》も読書《どくしょ》が苦手《にがて》だから。別《べつ》に本《ほん》が嫌《きら》いというわけではないのですが、子供《こども》の頃《ころ》から読《よ》むスピードも遅《おそ》いし、途中《とちゅう》で飽《あ》きちゃうし、とにかく苦手《にがて》なのです。だからずっと積極的《せっきょくてき》に読書《どくしょ》してこなかった。だったら、そんな人間《にんげん》がどうして小説《しょうせつ》なんかを書《か》くようになったのか——

実《じつ》は自分《じぶん》でも、なぜこうなったのかよく分《わ》からないのです。ただ、ある日《ひ》ある時《とき》、無性《むしょう》に文章《ぶんしょう》が書《か》きたくなって、思《おも》いつくままパソコンに物語《ものがたり》を書《か》き始《はじ》めたのが最初《さいしょ》でした。それだけでも十分不思議《じゅうぶんふしぎ》なのですが、その物語《ものがたり》を書《か》いている時《とき》に、ちょっと奇妙《きみょう》な体験《たいけん》をし……おっと、つい喋《しゃべ》りすぎてしまいましたね。つづきはまた後《のち》ほど。

さあ！　再《ふたた》び「時《とき》の鍵《かぎ》」を手《て》に入《い》れた聖時《せいじ》。後半《こうはん》は一体《いったい》どんな展開《てんかい》になるのか。下巻《げかん》もどうぞお楽《たの》しみに！

川《かわ》口《くち》雅《まさ》幸《ゆき》

アルファポリスきずな文庫

この不思議《ふしぎ》な夏休《なつやす》みは
一生《いっしょう》の宝物《たからもの》!

虹色《にじいろ》ほたる　~永遠《えいえん》の夏休《なつやす》み~　上・下

作：川口雅幸《かわぐちまさゆき》　絵：ちゃこたた

父親《ちちおや》との思《おも》い出《で》のダムに虫《むし》を取《と》りに来《き》た小学《しょうがく》6年生《ねんせい》のユウタは、気《き》が付《つ》くとタイムスリップしていた!!　かけがえのない仲間《なかま》たちと過《す》ごす、“もう一《ひと》つの夏休《なつやす》み”。蛍《ほたる》がつなぐ不思議《ふしぎ》な絆《きずな》が、少年《しょうねん》と少女《しょうじょ》の運命《うんめい》を変《か》える!?　夏休《なつやす》みに読《よ》みたい感動《かんどう》ファンタジー!!

アルファポリスきずな文庫

怖《こわ》～い『あやかし』退治《たいじ》は
陰陽師《おんみょうじ》におまかせ！

転校生《てんこうせい》はおんみょうじ！

作：咲間咲良《さくまさくら》　絵：riri《りり》

鬼《おに》が見《み》えてしまう小学生《しょうがくせい》・花菜《はな》はある日《ひ》、鬼《おに》に襲《おそ》われていたところを謎《なぞ》の美少年《びしょうねん》・アキトに助《たす》けられる。自分《じぶん》を『おんみょうじ』だというアキトは、花菜《はな》のクラスにやってきた転校生《てんこうせい》だった！　第《だい》15回《かい》絵《え》本《ほん》・児童書大賞《じどうしょたいしょう》　サバイバル・ホラー児童書賞受賞作《じどうしょしょうじゅしょうさく》！

アルファポリスきずな文庫

川口雅幸《かわぐちまさゆき》／作《さく》
ホームページに趣味で連載していた『虹色ほたる～永遠の夏休み～』が大きな反響を呼び、2007年に同作で出版デビュー。2012年にはアニメ映画化もされる。ほかに『からくり夢時計　DREAM∞CLOCKS』『UFOがくれた夏』『幽霊屋敷のアイツ』（すべてアルファポリス）などの作品がある。

海《うみ》ばたり／絵《え》
イラストレーター。MVやグッズ用イラストを中心に手がけている。明るいタッチや少年を描くのが好き。挿絵担当作品にポプラ社『とっとと成仏してください！』シリーズがある。

JASRAC 出 2408014-401

本書は、2012年12月に小社より刊行された『からくり夢時計　DREAM∞CLOCKS』（軽装版）をもとに、漢字にふりがなをふり、一部を書きかえて、読みやすくしたものです。

からくり夢《ゆめ》時《ど》計《けい》　上

作《さく》　川口雅幸《かわぐちまさゆき》
絵《え》　海《うみ》ばたり

2024年 12月 15日 初版発行

編集　中村朝子・大木 瞳
編集長　倉持真理
発行者　梶本雄介
発行所　株式会社アルファポリス
〒150-6019 東京都渋谷区恵比寿4-20-3 恵比寿ガーデンプレイスタワー 19F
TEL 03-6277-1601（営業） 03-6277-1602（編集）
URL https://www.alphapolis.co.jp/
発売元　株式会社星雲社（共同出版社・流通責任出版社）
〒112-0005 東京都文京区水道1-3-30
TEL 03-3868-3275
デザイン　川内すみれ（hive＆co.,ltd.）
（レーベルフォーマットデザイン／アチワデザイン室）
印刷　中央精版印刷株式会社

ISBN978-4-434-34966-9 C8293

ファンレターのあて先
〒150-6019 東京都渋谷区恵比寿4-20-3 恵比寿ガーデンプレイスタワー 19F
（株）アルファポリス　書籍編集部気付
川口雅幸先生
いただいたお便りは編集部から先生におわたしいたします。